AF607451

EL SILENCIO DEL DOBLADO

L. Roux

Aliarediciones

Corrección: Eladia Guerrero
Diseño de cubierta: Jaime Galisteo
Ilustraciones: Laura Márquez Requejo
Maquetación: Aliar Ediciones

Depósito Legal: GR 754-2025
ISBN: 979-13-87823-20-7

Impreso en España

Edita
ALIAR Ediciones
www.aliarediciones.es
info@aliarediciones.es

EL SILENCIO DEL DOBLADO

L. Roux

A la memoria de aquel que me enseñó
el significado del verbo «amar».

El café

Las casas de aquel lugar eran calcomanías emborronadas de un pequeño pueblo nórdico, con ínfulas de ser más de lo que simplemente su naturaleza determinaba.

Un pequeño pueblo entre dehesas y montañas añosas, repletas de leyendas mágicas, de esas que dan esperanza y algo en que creer, o a lo que temer, a las gentes de poblaciones abocadas a envejecer prematuramente bajo el sol y el duro trabajo que conlleva labrar la tierra y cuidar del ganado.

Ahora dicho lugar está casi desierto, deshabitado, agoniza a costa de los que han perdido la salud entre su inhóspita localización. Los ancianos no nombraban la mina, la llamaban «el lugar», pues muchos sabían las consecuencias de albergar como motor de riqueza un veneno mortal para la especie. En «el lugar» habían sucedido muertes por docenas y durante décadas, pero no solo trajo muerte a los mineros, también a las familias que dormían bajo aquellos techos, en las noches frías y despejadas.

El mineral que sacaban de aquellas minas los enfermaba, les quitaba la posibilidad de respirar bien, pero además enturbiaba su mente y su líquido seminal. Esto, según nos contó Agapito, lo descubrió por la historia que determinó su propia existencia.

Aquella tarde no era cualquier tarde, era la previa a la famosa final España-Italia, donde por primera vez España ganaría. Con algo de prisa por terminar a tiempo, nos alojamos en el viejo salón del hogar de Agapito, donde según nos dijo, emocionado, habían vivido todos sus antepasados. Era una vieja churrería, rehabilitada por su tatarabuelo, quien cometió el error de convertir en su hogar un lugar con alquiler sin contrato. Según nos contó, le costó caro el intento de crecer como empresario siendo un simple obrero, pero esa es otra historia que más tarde nos detallaría. Como os digo, había prisa por la final de España-Italia, y mi compañero no estaba dispuesto a perdérsela, así que el documental quedaría escuetamente plasmado en una sencilla foto.

La foto recoge el momento justo en el que Agapito nos ofrece un café en las típicas tazas verdes de Duralex. Tres tazas, tres platos y tres cucharas, al medio tres pastas de una caja abierta desde diciembre, tal y como Agapito nos refirió; las pastas eran dignas de mantenerse intactas tras la entrevista, pero nuestra abstracción fue tal que terminaron desapareciendo en nuestro paladar. Pues bien, Agapito cogió asiento y nos contó que había cierto revuelo en la calle, cuatro personas reunidas en la puerta de un bar con nombre de pájaro que no recuerdo, en ese momento pensé que aún no habíamos empezado. Nos contó sutilmente que al día siguiente habría una manifestación en contra de la reapertura de la mina y un cementerio nuclear. Nos parecía extraño que este lugar fuera seleccionado para algo así, según nos dijo, geopolíticamente era un lugar estratégico. Pero mi compañero centró el tema mirando el reloj. Y Agapito, tras un carraspeo típico de película del oeste, dijo: «Esta historia comienza así...».

Después sonó el clip de mi grabadora y comenzó su historia.

El doblado

1979 fue un año curiosamente mágico para nuestra familia, que Lucera tuviera su cría era un buen augurio para el abuelo Cosme. El abuelo nos dijo que en los 40 tener un animal de carga que no fueras tú mismo te convertía en un obrero con opciones. Los abuelos de Lucera habían ayudado a llevar agua del pueblo a la mina durante toda su existencia. La cría de Lucera era un macho con ojos vivos y fuertes patas, el abuelo Cosme le puso el nombre de la primera bestia que sirvió a la familia, Pompones. El abuelo llamaba así a las criaturas mágicas de todos sus cuentos.

En sus años de postración por la enfermedad del pueblo siempre dibujaba los ojos de Pompones con luz. Pompones murió cuando él era un adolescente de 15 años. Ya llevaba 8 años trabajando y sin poder abrir un libro. Según el abuelo Cosme, esa infancia determinó cómo criar a sus propios hijos. Tuvo tres hijas y dos hijos, aunque él solo hablaba de cuatro, el quinto nunca supimos dónde estaba por boca de mi abuelo. La abuela María callaba y asentía tras el humo que dejaba el cigarrillo de mi abuelo en sus dedos amarillentos y sus uñas agrietadas. Sus ojos, los de mi abuela, eran grises, de un gris tan profundo que podías perderte en su fondo si los mirabas fijamente. Solo durante el baño de sus nietos era posible esto, pues el resto del tiempo cubría su cabeza con un pañuelo de gasa negra que ennegrecía su rostro, hasta sus gruesos labios de color oscuro a juego con la madera de la casa. La abuela nos cantaba una oración mientras nos ponía la camiseta interior de algodón tras el baño en aquel cesto grande de plástico negro. Nos metía en orden inverso de nacimiento; al mayor siempre le toca la vida más dura, por eso debe saber aguantar el frío. Esta frase también se me grabó, como su oración: «Con Dios me acuesto, con Dios me levanto, en el chillido del doblado limpio mis pecados. Limpio mi casta, limpio esta alma; descansa, criatura, que tu ángel te guarda».

A pesar de ser el mayor de sus nietos, era miedoso, cuando la escuchaba decir esto imaginaba que el doblado era un lugar con vida propia y que se alimentaba de criaturas que mi abuela le daba; como siempre, la realidad superaría a la imaginación. El doblado crujía, como toda madera antigua que se precie, y su crujir era como el chillido tenue de una criatura naciendo, era muy difícil dormir bajo ese chillido que parecía llamarte en las frías y despejadas noches. Muchas veces, cuando conseguía dormir, algo me despertaba de manera brusca y sentía la imposibilidad de mover mis manos o mis pies. Entonces apretaba muy fuerte los ojos para que no se abrieran, no quería mirar. Cuando cesaba el sonido del doblado, lentamente abría los ojos y suspiraba. «Esta vez no me ha tocado a mí», eso pensaba, la mente de un niño con imaginación puede ser muy cruel.

Empecé a compartir habitación con mi primo Juan, era dos años más pequeño que yo, eso me permitía tener cierta prioridad en la creación de normas. Norma número uno: no puedes dormirte hasta que yo lo haga. Las crisis de paralización iban aumentando en frecuencia, determinaban mi ansiedad por evitar que llegara la noche y sortear el rezo del baño. Utilicé el chantaje con Juan, y terminó preguntando a la abuela lo que yo le dije a cambio de esconder unas sábanas mojadas que lo descubrían como un meón. Yo protegería su secreto a cambio de favores. Una esclavitud que le costaría muy cara, pues el copón de la abuela María y el cinturón del abuelo Cosme serían poco comparado con subir las escaleras al doblado. Ninguno estaba preparado para ver aquello, ninguna criatura de menos de 100 años podría entender aquello, y 100 años por aquella época era algo que no se daba. Con lo cual ninguna mente podría entender aquello que los ojos de mi primo y los míos vieron. Casi no escapamos de allí, casi no vuelvo a por él, pero pude hacerlo, y aquello que vimos cambió nuestra vida para siempre.

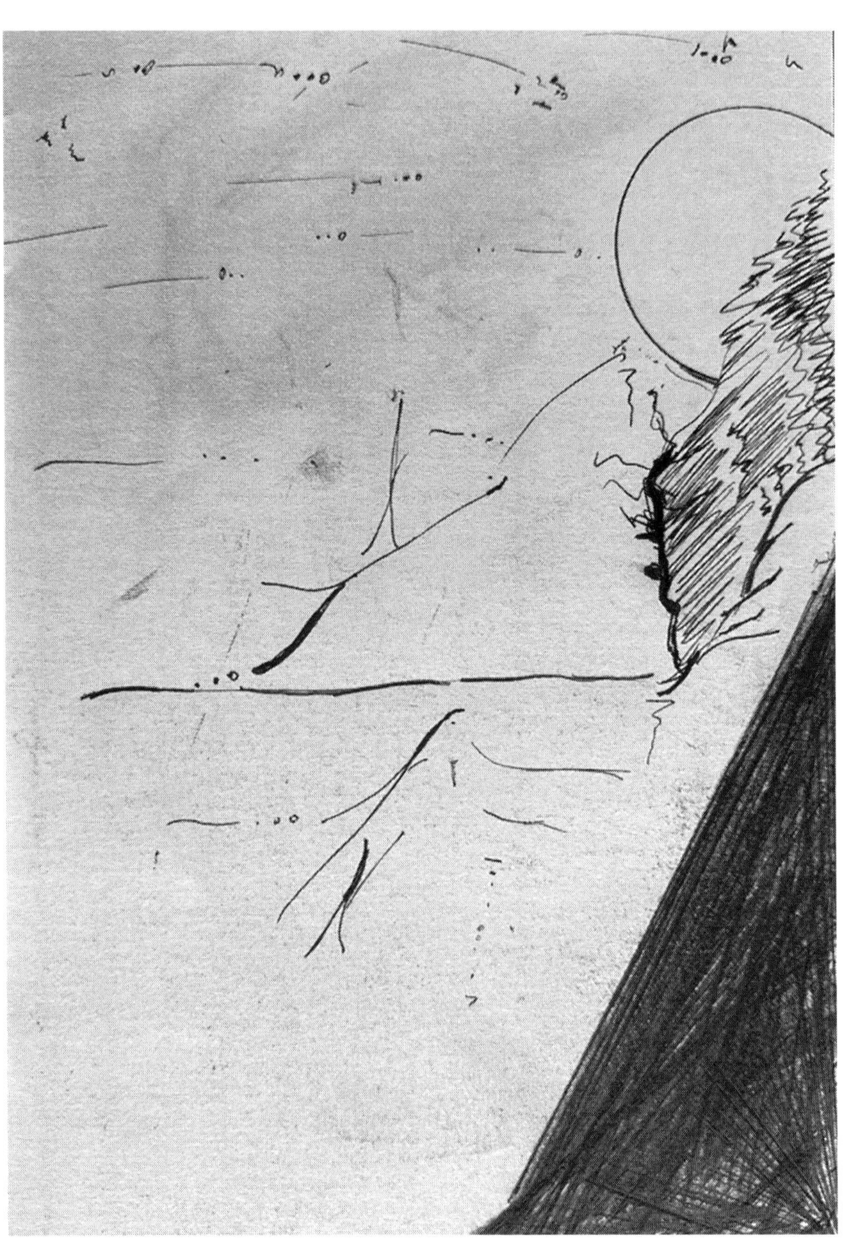

El amo

El 40 determinó una forma de llamar al jefe de una propiedad, al dueño de un latifundio o de una fábrica, o a un simple terrateniente. *Amo*, a tan solo una letra del motor del mundo, qué cruel es la ignorancia. Se cree que la primera referencia o el primer registro que se tiene sobre el derecho de pernada data de 1247, en un curioso poema que aparece en una curiosa abadía. La Iglesia siempre ha custodiado el verdadero grial del poder: el conocimiento; muy inteligentes. Justo en la abadía de Mont-Saint-Michel, en la Edad Media, surgen unos versos que relatan a modo de queja la vida del campesino y las exigencias señoriales a las que debe hacer frente. Nuestra tierra y sus gentes siempre pendientes de lo verdaderamente importante, el sector primario, nacidos para trabajar, al margen del conocimiento y la evolución, repletos de resignación y humildad. Parece imposible que en estos años aún surgieran exigencias así. Entendí qué había detrás del ángel que nombraba mi abuela, del gris de sus ojos y del humo de mi abuelo. Entendí lo de nacer para servir, como Pompones, entendí que habían sido tratados como bestias por los que los habían criado y por los que les consentían comer, sus amos. Mi abuelo castigaba duramente la incapacidad de Pompones en sus últimos años de servicio, sus ojos se inyectaban en impotencia e ira. Juan y yo nos ocultábamos en la esquina de la churrería, desde allí podíamos ver el pequeño establo y el castigo de Pompones. Con nuestras rodillas llenas de pupas, nuestros destartalados suéteres y nuestros pantalones heredados, entre juegos y trabajo, éramos incapaces de ver la realidad que nos mostraba aquella imagen. Mi abuelo, Cosme, el amo de Pompones, trataba a Pompones como su amo a él. ¿Quién era su amo? El dueño de la vivienda donde por décadas habían vivido sus antepasados. ¿Cómo había podido cometer ese error? Salió del establo, aún con los ojos perdidos, nos miró y nos dijo: «Recordad no sacar la cabeza hacia arriba, os la cortarán». Cogí la mano de Juan y salimos a correr, corrimos hasta no poder más, hasta el anochecer no volvimos, antes de entrar estuvimos en la ventana de la cocina. Mi abuela le recriminaba al abuelo la paliza a Pompones, el abuelo se levantó armando un estruendo con su silla y le dijo que si ya había olvidado lo que le sucede a los que intentan cambiar su destino habiendo nacido para servir. Le dijo que aún estaban pagando en dolor de lengua por el intento. Habló de una noche y unos gritos de mi abuela, habló de estar escondido en el establo y ver salir a su amo de la casa tras esos gritos. Habló de nueve meses después, y justo cuando iba a seguir hablando Juan tiró el tiesto de los geranios rojos que la abuela María ponía rodeando su casa, que según decía atraían la suerte. Tras eso, hubo silencio y salimos a correr hacia la puerta de la entrada, tocamos el picaporte de hierro y nos abrieron al ruido cotidiano de una gran familia. A las pocas semanas llovió como hacía años que no ocurría, hubo goteras, y el abuelo se puso muy malhumorado. La abuela lloraba, creíamos que por la casa, mis tíos subieron al tejado y lo arreglaron. Pero había mucha humedad arriba y había que airear el doblado, cosa que hacían por la noche, con la supervisión de mi abuelo, que era el que sabía hacerlo. Según la abuela, quería ser útil, no como el viejo Pompones. El abuelo se quedó dormido en el viejo sillón de juncos, con su manta vieja de cuadros marrones por encima, agotado por su día de trabajo. El resto también dormía, todos menos el meón y yo. Esa noche no la olvidaré jamás. Esa noche y sus consecuencias nos acompañarían el resto de nuestras vidas y determinaron quiénes somos hoy. Juan era muy delgado, lo más ancho que tenía eran las rodillas, seguidas por su cabeza. Las demás líneas de su cuerpo mantenían un ancho equilibrado, como las libretas de dos renglones, siempre el mismo ancho. Movía sus extremidades de manera poco armónica, porque eran muy largas. Esto años más tarde determinó una considerable altura, pero en la infancia te hace difícil moverte con soltura. Yo era más ancho, más robusto, aunque comíamos lo mismo yo le sacaba más esencia a todo. Así, estaba claro, el cuerpo más silencioso era el de Juan, no el mío, y como me debía pleitesía le indiqué que subiera al doblado, la puertita que daba arriba estaba sin candado y el guardián dormía, era nuestra única oportunidad de ver qué era el doblado y por qué chillaba. En la parte de atrás de la casa, a tan solo una calle de tierra, estaba el cementerio del pueblo. Era algo destartalado, pues su puerta no paraba de golpear en las noches de viento. Además, sus árboles se abatían con fuerza como si fuera una canción de cuna mal cantada. Esa noche no llovía, pero sí hacía aire, mucho aire, o eso nos pareció. Pues en el primer intento Juan iba por el tercer escalón, de ocho, y justo cuando levantó su ancha rodilla para poner su delgada pierna en el cuarto escalón un golpe muy fuerte despertó al abuelo, Juan subió rápido arriba y cerró la puertita, mientras mi abuelo recobraba el sentido. Pensé que lo había perdido, mi corazón latía fuerte, apenas podía coger aire, los árboles cantaban muy alto, y seguía el golpeteo de la vieja puerta del cementerio sonando, una y otra vez, una y otra vez. Cuando creí que mi abuelo se levantaba a poner el candado a la puertita, cuando creí que había perdido a mi siervo, cuando me vi perdido, cuando me ahogaba en un latido muy fuerte en mi cuello, escuché la puerta de la casa y el refunfuñar del abuelo, «maldita puerta vieja», y salió, era mi oportunidad.

El paralizado

Abrí la puerta de mi habitación y mis piernas querían correr a la escalera, pero apareció la crisis de paralización, casi siempre me había pasado en medio del sueño, en la noche bien entrada. No me esperaba que me sorprendiera en ese momento, pero lo que no te mata te hace más fuerte, como dijo Friedrich Wilhelm Nietzsche, y fue así. El sudor en mi frente daba indicios del esfuerzo que hacía por recuperar el movimiento de mis piernas, recuperar el control de mi cuerpo y correr. Sabía que me quedaba poco tiempo, apenas un cuarto de hora para que el abuelo recorriera el camino hasta la puerta y volviera a entrar en casa. Comencé a arrastrar mis pies, me moví apenas un metro y el corazón seguía su fuerte latido, y mi ahogo aumentaba, entonces paré. Me centré en la profundidad de los ojos de mi abuela María, en el brillo perdido de los ojos de Pompones y en los latigazos que mi abuelo le había dado por no poder mover sus piernas como antes. Y ahí, debió de ser ahí, recuperé las fuerzas necesarias para moverme y corrí, corrí hasta las escaleras, estrechas y empinadas, apenas ocho escalones; volvió el miedo, pero escuché que algo se caía allí arriba, y el chillido, de nuevo. Subí, abrí la puertita y llamé a Juan. Juan estaba inmóvil, de pie, a tan solo tres pasos de la entrada al doblado, el chillido era más penetrante, más claro, ahora era un graznido, claro, nítido. Llamé de nuevo a Juan por su nombre y se giró cuarenta y cinco grados contra las agujas del reloj. Y entonces lo vi, ahí estaba, frente a nosotros, arrastrándose hacia nosotros, emitiendo un graznido tan desagradable como espeluznante, acercándose a nosotros lentamente, con un movimiento típico de animales cuadrúpedos y con un tic en el cuello similar al de las gallinas que durante años tuvimos en el establo. Convivían con la cerdita rosa que paría muchas crías, a veces criábamos a alguna de ellas, pues si no tenía suficientes ubres para todas se comía a las más débiles para que no murieran de hambre. Esto, según la abuela María, es la piedad de una madre, enterrar su dolor para evitar el sufrimiento de sus crías. La cerdita estaba separada del gallinero por una alambrada, nunca había intentado romper la alambrada, hasta una mañana en que —según nos contó mi tía la pequeña— hizo un enorme boquete para intentar comerse a las gallinas y sus pollitos. Por entonces ella campaba mucho sola por la casa, pues la abuela María había dado a luz al hijo del que nadie hablaba, y según dicen nadie vio, solo el abuelo, la abuela y la comadre del pueblo. Según la tía, la abuela cayó enferma y durante años solo se levantaba por la noche, paseaba por el patio y volvía a casa. Los vecinos empezaron a hablar del mal de la mina y la abuela, con lo cual empezó a caminar en el doblado.

Cuando la cerdita rosa hizo aquello, cambiaron el gallinero al doblado y sacrificaron a todas las crías de la cerdita, a todas menos a una, que duró hasta mi primera infancia. Mi madre sufrió el mismo mal que mi abuela poco tiempo después, el mal de la mina lo llaman, el caminar de noche, el no comer, el llorar y perder el brillo de los ojos.

Se suponía que ya habían quitado el gallinero y que no quedaba ninguna gallina allí arriba, pero aquello que venía hacia nosotros lo parecía, su sonido era parecido y el movimiento de su cuello también, pero su tamaño era cinco veces mayor y sus extremidades parecían de orangután, en su forma al menos lo parecían. Donde terminaba su espalda salía un apéndice que creí que era una cola, pero no, era una soga que lo mantenía encerrado y atado. Una alambrada lo situaba en un cuadrado de ocho metros cuadrados cubiertos de paja y orín, pues el olor era fuerte; en una esquina había un barreño negro como en el que nos bañábamos donde había agua y en la otra esquina, cerca de unas mantas, un cubo de madera pequeño con cáscaras. Seguía chillando, escuché la verja del patio, cogí la mano de Juan y tiré de él. Nos metimos en el cuarto y se abrió la puerta de casa, su chillido era muy muy fuerte. El abuelo refunfuñó, le oímos decir: «Qué te pasa ahora, es hora de dormir, no puedo andar cantando cada vez que tienes miedo», y subió allí arriba. No pudimos dormir en toda la noche, Juan se volvió a hacer pis y tuvo que dormir conmigo. Ambos nos mirábamos, en silencio, esperando la luz del día, que llegara la luz.

El abuelo

Oímos cantar al abuelo muy bajito durante horas, por fin la luz del amanecer nos daba en la cara por la pequeña ventana con rejas. La ventana era pequeña, pero agradecíamos su luz con tanta necesidad que Juan y yo seguimos sin hablar mientras nos levantamos, nos lavamos la cara, hicimos la cama, escondimos sus sábanas mojadas hasta que se secaran y abrimos la pequeña ventana para que entrara el aire. No nos separamos en todo el día. Dejamos a nuestros pies caminar hasta la sierra, allí nos sentamos, miramos al frente, cogimos espárragos para la abuela, tardamos horas en hablarnos, me miró y me dijo: «No era un animal, eso no era un animal». Yo le dije que era un animal con dificultad para moverse, él decía que no con la cabeza, según decía le había podido ver los ojos, su brillo, cómo le miraba. Le dije que se callara, era un animal y punto, un animal que no sirve al abuelo, sino que el abuelo le sirve a él. Un animal-amo, así decidimos llamarlo, era nuestro código para referirnos al monstruo que vimos allí arriba. Muchas noches nos manteníamos despiertos para ver qué pasaba allí, la abuela subía con el abuelo, a la hora bajaban, a veces incluso a las dos horas. Entonces el ruido del animal-amo era como un ronroneo de gato, como un gorgoteo. Escuchábamos el agua, como si lo bañaran, al abuelo cantar, a veces incluso lo soltaban porque oíamos su torpe caminar por todo el doblado. El rezo de mi abuela seguía cada noche, con cada baño de mi abuela a sus nietos, yo la miraba fijamente al gris profundo de esos ojos que guardaban secretos, silencio, mentiras, y me creí más justo que ella, más noble, con más razón. Esperé la oportunidad de estar en la mesa, juntos, era el cumpleaños del abuelo, todos los hijos a la mesa, eso es lo que da la felicidad a un padre, según las propias palabras de mi abuelo. Entonces Juan y yo hicimos un plan, un plan que desvelaría una gran mentira, o eso creíamos nosotros. El abuelo estaba a punto de soplar las velas, pidió su deseo mirando hacia arriba, Juan y yo sabíamos que era para el animal-amo, y sopló con toda la fuerza que sus viejos y castigados pulmones le permitieron. Todos aplaudieron y cantaron, cuando callaron Juan preguntó en alto al abuelo que a quién le cantaba por la noche en el doblado. Rápidamente la abuela dijo que a mí, «a quién si no, mi niño, a quién si no». El breve silencio terminó con el habitual murmullo de nuestro hogar. Pero entonces interrumpí yo, el primer nieto, el que goza con el único privilegio de ser tenido en cuenta por los adultos. Y dije en alto mirando a mi abuelo que siempre nos habían enseñado a no mentir, que Juan y yo habíamos subido allí arriba, que lo habíamos visto todo; seguí hablando sin terminar, pues la mano en el pecho de mi abuelo lo apagó para siempre y mi verborrea dejó de ser escuchada por la caída de mi abuelo al suelo sin respuesta. El abuelo Cosme prefirió morir a dejar que la verdad se supiera. Fueron días de duelo, de entierro, Juan y yo lloramos, pero seguíamos creyendo que debíamos sacar la verdad a la luz. Esa noche la abuela subió, el animal-amo chilló fuerte, llamaba al abuelo, nada lo consolaba. Alguien más subió allí arriba, alguien más sabía aquella mentira y escondía a aquel monstruo allí, alguien más de la familia, porque la puerta de la casa no se abrió.

Juan y yo nos escondimos en la alacena, donde había un agujero que nos dejaba ver quién cruzaba de la escalera del doblado hacia las habitaciones, antes dejamos unas almohadas bajo las sábanas por si acaso. Esperamos varias horas, oímos muchos ruidos, mucho trajín, pero por fin cruzaron el comedor, la abuela iba delante y dos pasos por detrás… no podía ser, no dábamos crédito a lo que vimos, yo no daba crédito. Cómo podía ser, mi vida, mi mundo se vino abajo, quien bajó de aquel infierno con mi abuela aquella noche era nada más y nada menos que mi madre. De nuevo el silencio, de nuevo el latido en el cuello, de nuevo el sudor, de nuevo la parálisis. Mamá se asomó al cuarto, vio los bultos y cerró tranquila, las luces se apagaron por completo.

El mal de la mina

Durante días me pregunté qué podía hacer a mi madre mantener una mentira así, qué le hacía proteger a mi abuela y su monstruo, qué le hacía protegerla; llegué a una conclusión, sencilla: le había pasado lo mismo, el mal de la mina. Era lo único que podía explicar una pérdida absoluta de la razón, que sufrían el mismo mal. Tenía que investigar qué le pasaba a los que sufrían ese mal para poder ayudarla, para poder salvar a lo que quedara de mi madre dentro de ese cuerpo que deambulaba por la noche, que tenía turbia su mente, que miraba a la luna y perdía el brillo de sus ojos. No sabía quién me podía ayudar, pero los privilegiados que iban al colegio llevaban libros, allí suelen estar las respuestas a todo. El nieto del dueño de la casa del abuelo era algo tímido y callado, apenas veía a pesar de sus gafas gruesas, y tenía una enfermedad en la piel que le hacía parecer un caballo pío, por las manchas. No tenía muchos amigos, por lo cual era una presa fácil para Juan y para mí. Le tendimos una trampa, por el camino que separa el cementerio de mi casa se iba a su gran caserón, aquel camino es ancho, de tierra y rodeado de árboles, los que cantan por la noche junto a los del cementerio. En esos árboles colgamos una trampa que atravesaba el camino, Benito cayó fácilmente en ella, esperamos unos largos veinte minutos hasta dejarnos caer por allí como si fuéramos a jugar al prado. Oímos sus gritos de ayuda y lo soltamos de la red vieja de pescar del abuelo. Después lo acompañamos a casa y le dejamos claro que nos debía una y que si quería nuestra protección y compañía sería a cambio de información; aceptó.

Le pedimos que investigara sobre el mal de la mina que sufrieron mi abuela y mi madre. Tardó tres días en contestar, en esos días las tareas de Juan y las mías en la casa se habían multiplicado, creímos que como castigo, pero realmente eran las tareas del abuelo, que tuvimos que repartir entre todos los nietos. Juan y yo nos ayudábamos, encontramos la información que esperábamos en los mineros. Les hicimos las mismas preguntas que a Benito, y ellos nos indicaron que el viejo Sebastián era el minero más anciano del lugar; casi ciego, seguía trabajando para olvidar el dolor de su historia. Según nos dijeron todos, sus hijos habían nacido con el mal de la mina, y todos habían fallecido de bebés, su mujer no superó el dolor y tras el nacimiento de su cuarto hijo cayó enferma ella. Una noche, tras la muerte del niño, mientras Sebastián iba a por el médico, su mujer cogió al niño en brazos, ya muerto, cruzó el pueblo descalza, con la mirada perdida, sin brillo, con un caminar extraviado, llegó al pozo que está en la esquina de la iglesia y se tiró con el niño en brazos. Tras horas buscando a su mujer, Sebastián y mi abuelo la encontraron flotando en el pozo, el cuerpo del niño jamás se recuperó. Sebastián no podía moverse, mi abuelo Cosme se encargó de todo, y llevó el cuerpo de su mujer a casa. Sebastián no dejó de trabajar desde entonces, porque según decía a los otros mineros si dejaba de mover las manos volverían los recuerdos, con ellos el dolor y con él la enfermedad. Juan y yo nos miramos aterrados, dijimos que mejor no molestarlo, pero uno de los más jóvenes nos dijo que Sebastián estaría encantado de ayudar a los nietos de su gran amigo Cosme, el que lo ayudó en el peor momento de su vida, él le estaba muy agradecido. Nosotros nos miramos como dos cómplices de una mentira familiar que debíamos proteger como una mancha, como una vergüenza. Y caminamos hasta donde nos llevaron para ver a Sebastián. Fuimos hasta él, cuando entramos en la boca de la mina sentí un escalofrío que me recorrió el cuerpo, recordé la sensación de ahogo que me hacía sentir la parálisis. Miré al cielo, vi pájaros ajenos al veneno que salía de allí, vi el verde sobre el azul y vi el blanco, poco después la luz de la antorcha me dejó cegado hasta que mis ojos se acostumbraron. Encontré la luz de aquella antorcha confortable, tanto como su reflejo en las niñas opacas de aquel anciano que parecía tener las respuestas a nuestras preguntas. Solo faltó decir el nombre de mi abuelo, y su sonrisa —si es que se puede llamar sonreír a aquella mueca de lado— iluminó su rostro y respondió.

El ciego

Dicen que la vejez es símbolo de sabiduría, y que hay ciegos que ven más que los videntes. Sebastián era uno de ellos, nos hizo sentarnos y rápidamente avivó la hoguera, que nos dio calor mientras nos contó el mal que había arrasado a su propia familia. Ese mal lo había dejado sin nada, y aún servía al lugar de donde sale ese mal. «El ser humano crea monstruos que no sabe dominar, ese es el gran mal de esta sociedad. Nos cegamos por codicia, por el afán de poseer, y ni siquiera somos dueños de nuestras vidas, ni de nuestro destino. Vertemos desechos en lugares que nos dan vida, agua, comida, cobijo, hogar. Nos vendemos como quien vende amor por cobre, como si el amor fuera algo a lo que poner precio, al igual que la calidad de vida. He vivido para esta mina, que enfermó a mis hijos y se llevó a mi mujer, mi vida. Sirvo al lugar que me lo ha quitado todo, quizás me educaron bajo la premisa de servir, sirvo lo mejor que sé, y espero, espero, sigo esperando a que algo o alguien venga a terminar con mi amo, porque yo solo sé servir. Aquí encontré los hijos que no tuve, mis jóvenes muchachos, los compañeros a los que enseñar todo lo que sé. Aquí encontré un hogar que me cobija del frío, de la lluvia y del sol, ese sol que me recuerda que la vida sigue para el resto, aunque la tuya se haya paralizado. Ese sol que te hace recordar una vida anterior feliz y que aquí, sin él, olvido mi pasado para centrarme en sobrevivir. ¿Qué es la enfermedad del mal de la mina? Hijos sin brazos, hijas sin la capacidad de llorar y que solo saben chillar, nietos ciegos, nietas sin la capacidad de andar, mujeres que olvidan quiénes son, compañeros que creen que son niños y olvidan respirar. Es un mal que no entiende de edad, ni de género, ni de justicia, es un mal que ha creado la crueldad del hombre y su egoísmo sobre la madre tierra. Es un mal que define la falta de humildad humana en la tierra, es el mal que responde al *carpe diem* que tantos años ha asolado selvas, ríos, mares, animales, glaciares. Es el intento de la Tierra por reivindicar justicia, por reclamar ojo por ojo, diente por diente. ¿He respondido a vuestra pregunta?».

¿Conocéis ese tipo de silencio donde tragas y aun el sonido de tragar molesta e intentas hacer un gesto que te daña la garganta? Bien, pues ese tipo de silencio fue lo único que pudimos responder mi primo Juan, el meón, y yo. Nos miramos, comprendimos que debíamos irnos, incliné la cabeza como los girasoles ante el sol, sutilmente, y le di las gracias. Rápidamente después busqué su mirada, negra y profunda, también perdida, me quedé décimas de segundo allí, intentando ver algo más. Solo el negro que te hace dudar de si hay un vacío infinito o la nada. Caminé hasta encontrar de nuevo mi sombra, y justo pegando a ella la de Juan, entonces volvió el sol, curiosamente nos quedamos ciegos, cualquier realidad podía estar ante nosotros que no la veríamos a pesar del sol. Entendí entonces la imposibilidad que había detrás de las palabras de Sebastián, más que imposibilidad era resignación o como si la esperanza no existiera. Como si supiera que no había nada que hacer más allá de asumir su función de servir en ese túnel a la sombra...

Un fuerte estruendo de una taza irrompible sobre el suelo nos sacó a todos de la historia. El cámara había tirado su taza verde junto con la gran funda con la que protegía su arma de trabajo. Se volvió a contar la historia con el mismo tono, y Agapito volvió al mismo lugar en el mismo momento.

... Recogimos a Pompones y volvimos a la casa, mientras le echábamos de comer y agua vi que en una de las esquinas del establo había un trozo de tela negra de florecitas blancas. Ese trozo de tela me era muy familiar, no sabía dónde la había visto antes, pero la había visto, y en más de una ocasión. Mi abuela nos llamó para ir a cenar, cerré la puerta del establo y apagué la luz; con todo oscuro el calor interno sale al frío en forma de humo, me entretuve un segundo para verlo subir, sonreí por primera vez tras muchos días y corrí a la luz del hogar.

La churrería

El olor de la chimenea tostando el pan me despertó, al igual que un susurro tosco, grave y desconocido. Me levanté rápidamente para ver quién era, mi ojo veía doble y con mi dedo me limpié el resto de mi sueño convertido en una bolita verde. Di los buenos días a una espalda grande con chaqueta marrón oscura de lana, se giró y reconocí a un amigo de mi abuelo Cosme que hacía dos años que se había ido a vivir con su hijo a una ciudad. Había venido a firmar la compraventa de su antigua vivienda a un nuevo matrimonio que se habían atrevido a adquirir una propiedad. Antonio, ese era su nombre, siempre acompañó a mi abuelo desde su más tierna infancia, en lo bueno y en lo malo, como hacíamos Juan y yo. Su gran cara roja se giró para mirarme y sonreía mientras masticaba un trozo de tostada con mantequilla, me quiso saludar tan efusivamente que los pequeños trozos de tostada pudieron escapar de su mordida. Saludé y me senté, aún Juan no se había despertado, desayuné en compañía de mi abuela María y él. Se refirió a mi abuelo como un aventurero en su infancia, siempre le gustaba ayudar y proteger, defendía a los animales callejeros de palizas de otros vecinos. Iban a dar de comer a una camada de perritos de su madre, que por alguna extraña razón no volvió. Hizo también alusión a sus expediciones secretas a la mina, una vez encontraron algo que parecía un mausoleo escondido allí abajo, en el primer pasillo a la izquierda. Esto me hizo recordar que Sebastián nos recibió allí, pues es su lugar de trabajo. Le pregunté cómo iban allí sin ser vistos y con qué herramientas. Había una entrada secreta que años más tarde sellaron, Antonio creía que aquel lugar encerraba los cuerpos de los hijos nacidos con el mal de la mina de los trabajadores, a cambio de trabajo, comida, dinero y un lugar digno para enterrar a sus pequeñas criaturas. Se refirió a la culpabilidad que sentían los mineros de aquel lugar al creer que habían transmitido un mal mortal a sus descendientes. De ese sentimiento se aprovechaba, según dijo Antonio, el amo, el antiguo amo, el que era padre del dueño de la casa de mi familia. Según Antonio, salir del pueblo te abre la mente y te devuelve a una realidad donde los buenos ganan a los malos.

Dijo que a mi abuelo Cosme le hubiera venido bien salir y así se hubiera enfrentado al dueño de la casa el día que supo lo de las reformas y la apertura de la nueva churrería. Mi abuela lo calló con un *basta* muy directo, nos asustamos los dos, Antonio titubeó y dejó el trozo de tostada que tenía entre sus dedos. Se sacudió las migas que había dejado caer por su chaqueta y sus pantalones de pana, se levantó y dijo que solo quería recordar a su amigo y algunas aventuras inocentes. Mi abuela le indicó que no era el momento de recuerdos, que los recuerdos hieren a quien más ama, le dio las gracias por venir y le dijo que lo acompañaba a la puerta. Antonio se abrigó, cogió unas gafas del bolsillo izquierdo y se dispuso a irse; antes de bajar los tres escalones de la puerta, se giró y me dijo que siempre pasea por la Charca del Silencio al caer la tarde, que es un lugar mágico para los niños. Supe que me estaba indicando dónde encontrarlo y cuándo. Mi abuela María le preguntó que cuándo se iba del pueblo, él contestó que apenas en dos días. Fui a despertar a Juan, me costó un rato largo, sabíamos qué hacer esa tarde.

La Charca del Silencio

Llegó la tarde y con muchas ganas llegamos antes que Antonio, estuvimos esperando horas. Se hizo la noche y Antonio no llegó, según nos dijo la abuela en la cena su hijo lo hizo llamar y tuvo que volver rápidamente a la ciudad, su nieto estaba muy enfermo y no sabía si llegaría a tiempo. A pesar de ello, volvimos a ir a la tarde siguiente, Juan y yo no sabíamos qué hacer y nos pusimos a jugar al pillapilla. Juan se lo tomaba muy en serio y corría como si lo persiguiera un lobo. Entre los árboles que rodean la charca hay una roca inmensa, del tamaño de dos puertas con apariencia de pagoda, Juan corrió hasta allí como si fuera su escapatoria. Creo que quería atravesar la piedra con tantas ganas que creía que podía conseguirlo; no lo hizo, solo se golpeó fuertemente contra ella, tan fuerte que cayó hacía atrás y un enorme chichón empezó a crecer en el lado derecho de su frente. Me agaché a darle la mano, pero sus ojos no se movían de la piedra, la miraba tan fijamente que me giré para ver qué llamaba su atención. Había un hueco en el lado derecho de la roca, estaba tapado con una columna de rocas puestas allí por el aire, por el viento o por algún fenómeno natural, la roca de arriba era del mismo material fino y suave que las rocas que están en la entrada de la mina. Nunca habíamos reparado en ella, pero no pertenecía al resto de rocas que allí descansaban. Era fina, pulida y con forma de concha, cayó al suelo dejando detrás una oquedad húmeda, oscura y del tamaño de un libro de historia de esos que llevaba el nieto del dueño de la casa en sus manos. De la zona de arriba caían gotas de agua que aún no sé de dónde procedían. Juan y yo nos miramos y sin vacilar fuimos a ver qué había. No fuimos los primeros en descubrir este hueco, había numerosos tesoros o elementos dejados allí como tesoros. Pero me llamaron la atención las gafas de Antonio, estaban allí las mismas que se puso en la casa de la abuela, en la puerta, antes de irse. Con lo cual, o eran de él o de alguien que lo había visto antes de irse o de desaparecer. Debajo de las gafas había un papel, un trozo de papel arrancado de un libro; debía de ser arrancado, pues la línea de su contorno no pertenecía a una línea recta, solo a la esquina de un libro con letras del final de tres frases. Sobre ellas un dibujo de la entrada de la mina y una flecha que indicaba la zona izquierda de la puerta, sobre la cornisa. En las tres frases había una palabra subrayada, «peligro», justo debajo ponía en lápiz «silencio». Estaba claro, Antonio no se había ido por voluntad propia, y había peligro, y «silencio» podía ser una palabra mágica o una indicación. Al inicio no reparé en nada más, pero Juan lo vio, la primera palabra que ponía en la primera frase era el final de una palabra («-lamo»). Para Juan y para mí era «el amo». ¿Podía estar pasando algo así? ¿Por qué el amo había hecho desaparecer a Antonio? A pesar de todo, esto no era lo que más me asustaba a mí, había algo que me ponía muy nervioso. En todo esto había una persona que estaba presente en todo momento, de una u otra forma: mi abuela María, su mirada gris y su silencio. ¿Y si ese era el silencio al que se refería el papel de Antonio? ¿Era mi abuela el peligro?

Nos quedamos por la charca horas, nos mirábamos y callábamos, qué podíamos hacer, era nuestra abuelita, sabíamos que llegaríamos a casa y volvería a decirnos su oración: «Con Dios me acuesto, con Dios me levanto, en el chillido del doblado limpio mis pecados. Limpio mi casta, limpio esta alma; descansa, criatura, que tu ángel te guarda». Ahora entendíamos que no era cualquier oración, que debía de encerrar algo más, que guardaba algo que el silencio de la abuela no contaba ¿Podía la abuela ser la que debiera limpiar sus pecados? Nuestra abuela, la que nos cuidaba cada día, desde nuestra más tierna infancia, la misma que bajó del doblado con mi madre, donde se guarda al monstruo o más bien a la víctima.

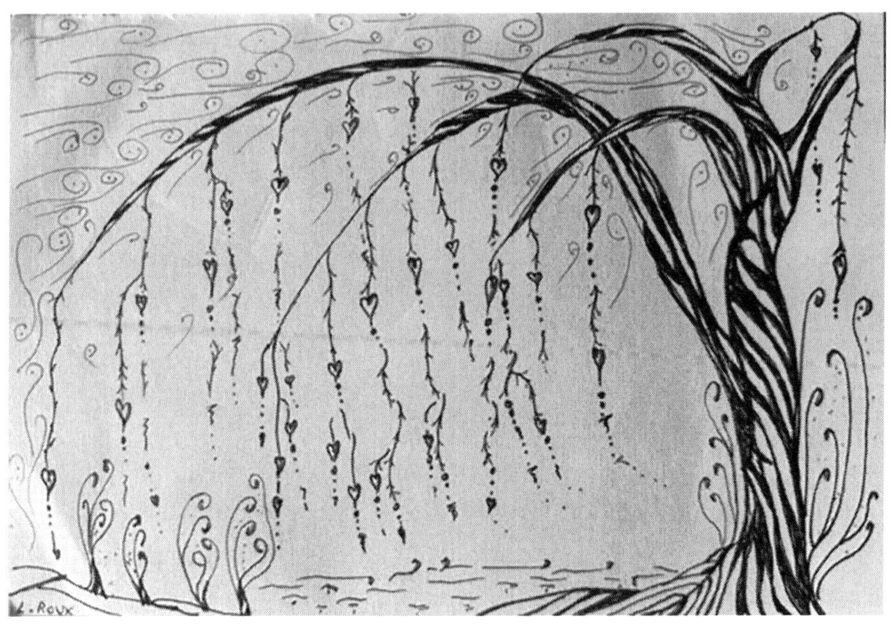
L. Roux

La cornisa

Esperamos a la noche, a sus sombras y a su protección, Juan llevaba un palo del abuelo para defendernos, yo cogí su carburo, pusimos las almohadas bajo las mantas y salimos. Subiendo aquella cuesta mi corazón empezó a galopar rápido, Juan iba repitiendo en alto el plan: llegar a la puerta, coger lo que hubiera en la cornisa a la izquierda y correr a casa. Estaba Sebastián en la puerta, con aquello no contábamos, estaba allí sentado en una burrilla, fumando con la mirada perdida en algún lugar entre las estrellas, simulando que veía algo, murmuraba algo como un rezo de manera repetitiva. Intenté pensar rápido, pero cuando me quise dar cuenta las gruesas rodillas de Juan estaban sobre el montón de piedras de la izquierda de la puerta, sus pies de puntillas, estirado como un chicle, sus dedos índice y pulgar sostenían el palo del abuelo e hizo caer un pequeño saquito de tela. Sebastián lo escuchó, giró a su derecha la cabeza. Cuando uno carece de un sentido agudiza otros; pues bien, el oído lo tenía muy desarrollado, y se levantó apoyando una mano en la zona de los riñones y la otra sobre la rodilla derecha, que le debía de doler, pues esa pierna no la doblaba y la arrastraba, dejando un camino de tierra que señalaba su recorrido. Juan estaba a metro y medio del saquito y Sebastián a tres, parecía matemáticamente imposible que Juan no llegara antes que él. No se movía, Juan no se movía. Cuando a Sebastián le quedaba apenas un metro, mi mano cogió el palo de la mano derecha de Juan y empujé el saquito a tres metros de nosotros, cogí la mano de Juan, tiré de él, cogí el saquito y corrimos, solo escuchábamos los gritos de Sebastián, que había aumentado el volumen de su rezo. Me paré tres segundos antes de emprender la bajada, miré asombrado hacia atrás. Sebastián venía hacia nosotros diciendo: «Con Dios me acuesto, con Dios me levanto, en el chillido del doblado limpio mis pecados. Limpio mi casta, limpio esta alma; descansa, criatura, que tu ángel te guarda». Cuando llegó a tan solo dos metros de mí y comenzó a olfatear, corrí, corrí y seguimos corriendo. Hasta la mañana siguiente no teníamos pensado abrir el saquito, no sabíamos qué había y preferíamos hacerlo en la Charca del Silencio. Hasta ahora no os había dicho que en la charca estaba el refugio del viejo Demetrio, que escapó de su casa con 14 años, cuando pegó a su padre con el mismo látigo con el que él estaba pegando a su madre.

Todos no llevan bien la extrema vida del terruño, la mina y el chato para olvidar, así que durante años aguantó, escuchó y lloró en silencio mientras su padre al llegar a casa de un duro día de trabajo vertía su ira, su impotencia y su resignación con su madre. Al escapar, su madre estaba en el suelo sin poderse mover, le dijo que corriera hasta no poder más y que huyera. Corrió y caminó toda la noche, en su cabeza llevaba las últimas palabras de su padre, emitidas desde las escaleras por las que cayó al recibir el inesperado latigazo de Demetrio al entrar llamando a su madre para su habitual paliza. Su padre le gritaba que corriera hasta llegar a la casa de su verdadero padre, porque si no lo encontraría y lo mataría de una paliza. Demetrio buscó durante años a su verdadero padre desde aquel refugio, cinco pueblos más al sur del suyo. Tras mucho tiempo se hizo un huerto y le gustaba cocinar mermeladas con frutas que robaba, se las ofrecía a los adolescentes que volvían de la mina. Durante muchos años lo acusaron de pederasta, hasta que un día el padre de Elsa fue a buscar a su hija porque no volvía a casa, entrada la noche llegó a la Charca del Silencio, vio luz en el refugio y cuando se decidió a entrar escuchó la voz de su hija, le hablaba a un grupo de chicos, le daba indicaciones para ir a la casa del amo de la mina y tirar botes de humo. Demetrio cocinaba y les servía la cena, Elsa le preguntó su opinión, Demetrio dijo que la violencia nunca es la solución a nada, que debían pensar en otra solución. Avelino, el padre de Elsa, interrumpió la reunión, les indicó a los chicos que salieran y dieran las gracias a Demetrio por su hospitalidad. Desde entonces Avelino limpió el nombre de Demetrio, desde entonces vive en armonía con el pueblo, desde entonces es respetado por todos los mineros y sus familias. No pensábamos que Demetrio sabría nada, pero mientras estábamos sentados en la orilla de la Charca del Silencio, antes de abrir el saquito, pasó con su perro Pancho. Pancho era muy sociable y vino a saludarnos, Demetrio se acercó y nos contó que se aproximaba una tormenta. Cuando se retiraba nos invitó a bizcocho relleno de membrillo, Juan estuvo a punto de aceptar, pero un codazo certero mientras le daba las gracias a Demetrio le indicó que no era adecuado, así que repitió «mis gracias». Fue ahí cuando Demetrio dijo que la tela de ese saquito era igual que el paño de su cocina, esto nos hizo levantarnos rápidamente y seguirlo hasta el refugio.

El refugio

Tras el bizcocho de membrillo vinieron las preguntas, Demetrio nos prometió contestar con la mayor rigurosidad a todo tras merendar. Pancho revoloteaba entre nosotros y nos regalaba caricias por doquier esperando alguna migaja del jugoso bizcocho. Entre su particular ruido y el sonar de los cacharros de la cocina Demetrio nos preguntó que cómo habíamos llegado al saquito. Juan respondió con la boca llena y empapada de bizcocho con café, le contó con todo detalle desde la llegada de Antonio hasta ese mismo momento. Yo observaba a Demetrio milimétricamente y miraba el acceso a la salida del refugio, fantaseaba que ante cualquier mal gesto de Demetrio o ante cualquier signo de peligro yo cogería su bastón, lo reduciría y salvaría a Juan y a Pancho. Un toque en el hombro derecho me sacó de mi imaginación, y al no saber por dónde iba la conversación Demetrio me repitió su duda sobre dónde estaba Antonio, yo hablé en código, «-lamo, peligro, silencio». Demetrio frunció su ceño, me miró fijamente con sus ojos grandes y azules mar, más claros que el mar, quizás azul cielo claro, y tuve que retirar la mirada, me perdía allí dentro. Me repitió con duda razonable por el paradero de Antonio, respondí que no lo sabía, que según comentó mi abuela lo había llamado su hijo porque su nieto estaba enfermo. Demetrio movió su cabeza de derecha a izquierda metiendo la punta de su poblada barba en la taza en su mano izquierda y gesticuló un esbozo de sonrisa, algo parecido a una risa burlesca. Juan me miró ojiplático y yo carraspeé y seguí contando que no había sido normal su ida sin previo aviso, cuando él mismo nos citó en la Charca del Silencio. Entonces Demetrio nos indicó que cerrásemos la puerta y la vieja ventana destartalada por la que entraba una tenue luz. Juan corrió a la puerta, yo no me moví, por lo que Juan cerró también la ventana tras varios intentos. Demetrio encendió una vela y aproximó su frondosa barba a la mesa, nosotros lo imitamos, nuestros rostros estaban pegados al suyo, suspiró hondo y dijo: «Bien, niños, lo que os voy a contar será un antes y un después en vuestras vidas...».

Juan lo interrumpió, diciendo que si sabía lo que había en el doblado. Demetrio meneó la cabeza, frunció fuertemente el ceño y dijo: «Silencio, y escuchad, no sé qué hay en el doblado, pero esta historia comenzó hace tanto tiempo que es impensable que dos mocosos como vosotros sepáis qué hacer. Aun así, por algún motivo que desconozco habéis llegado hasta mí con el saquito que me indica que sois los elegidos para escuchar la historia que llevo guardando décadas. En esta historia se habla de un ciego que no era ciego, pero su amo le quemó con sosa cáustica los ojos a cambio de poder limpiar la lápida de sus hijos, o los que creyó sus hijos, pues cada dos hijos el amo tenía derecho a una noche con las esposas de los mineros. Si se negaban, perderían el puesto de trabajo, la casa, el pan de sus hijos y la opción de una vida en paz. Este hombre en cuestión no aceptó el trato y se disponía a escapar del pueblo con su familia. El amo era caprichoso, mezquino y algo altanero, si permitía la humillación de un obrero daría pie a otras humillaciones. Este obrero, además, no era cualquiera, había conseguido leer por sí solo, pintaba con carbón sobre telas blancas de lino pedazos de historia de su infancia, en las noches de luna tras horas en la hoguera recibía la inspiración de una profecía, y esta se solía hacer realidad. Muchos lo respetaban y se dejaban aconsejar por él, le llevaban a sus familiares enfermos del mal de la mina para que les diera el remedio que les curaba. Ese remedio iba acompañado de una oración, un rezo que solo él conocía, él y la santa, una mujer a la que el amo temía aún más que al ciego de la mina. Con lo cual, en la salida del pueblo, donde el cruce de los cuatro caminos, tres hombres en caballo los aguardaban. El ciego empujó a los niños y a su mujer contra uno de los laterales del camino, donde había una zanja, él cogió la azada y mostró resistencia, uno de ellos, sin bajarse de su caballo, se abalanzó sobre él, y con su espuela le propició un golpe en el costado, cayó al suelo, con dolor y dificultad para respirar, el caballo se giró de nuevo hacia él. Los otros dos bajaron del caballo y fueron directos a la zanja, escuchaba los gritos de sus hijos y de su mujer, la mujer pedía que los dejaran en paz. Él se levantó, alzó su herramienta y cuando iba a lanzarla sobre uno de aquellos dos hombres el del caballo le dio un fuerte rodillazo en el ojo izquierdo, el dolor lo dejó ensordecido, aturdido, y cayó al suelo, perdiendo el conocimiento. Al despertar, su mujer le humedecía las vendas de los ojos, él se las quitó deseoso de ver, pero no volvió a ver, sus gritos aún se escuchan en el cruce del camino las noches de luna llena. El amo los esperó en casa, los niños fueron encerrados en el doblado, él en el cuarto de los niños y su mujer en la habitación del matrimonio. Los tres hombres esperaron en el comedor, vigilando, el amo entró en la habitación de los niños y vertió sosa en los ojos de Sebastián, el dolor era insoportable, mientras se retorcía de dolor escuchó al amo entrar en su habitación y yacer con su mujer, a la que forzó. Cuando despertó, llegó el silencio, ni Sebastián ni su mujer hablaron de aquello, no querían aumentar el dolor de ambos ni alimentar el de sus hijos. Así lo hicieron hasta la tercera falta de Eva, su esposa, la que perdió la dulzura de su rostro, el rubio de sus cabellos se quedó opaco, sus ojos dejaron de brillar. En los últimos meses de embarazo cayó enferma del mal de la mina y caminaba dormida bajo la luna; cuando nació el bebé, nació muerto por el mismo mal, Eva caminó hacia el pozo y se lanzó a él con el cuerpo de su hijo. Poco después enfermaron los mayores, primero tos, después fiebre y por último las alucinaciones, así hasta morir. Sebastián quedó ciego y solo, pidió al amo piedad a cambio de silencio, el amo lo echó de allí, entonces Sebastián le juró fidelidad eterna a cambio de un lugar digno para enterrar a su familia y un lugar cerca de ellos donde vivir y comer, él vigilaría la mina. Sebastián ha delatado a cualquiera que haya iniciado un pequeño movimiento contra el amo, ha delatado a todos, jóvenes, ancianos, amigos, enemigos; a cualquiera con tal de poder limpiar el descanso de su familia. Muchos intentaron saber qué pasó, jamás contó nada, solo a su gran amigo Cosme, el cual lo ayudó a buscar a su mujer y al niño. Los dos encontraron a sus otros dos hijos lavando los caballos del amo a cambio de una buena propina, fueron días de confusión, pero en la cena uno de ellos dijo que le dolía el estómago de todo lo que había comido en la merienda con el amo. Sebastián ocultó este dato y la propia existencia de sus hijos, creemos que se sentía responsable, la culpabilidad pesa como una cantera de piedras en un corazón noble. Sebastián enseña a los jóvenes a obedecer, a cumplir en su trabajo y a agradecer al amo su generosidad, ha silenciado tanto su recuerdo que ha olvidado el dolor y así es capaz de vivir, o sobrevivir entre claro-oscuro.

La obediencia

Durante todo su relato Demetrio no levantó la vista de la llama de la vela, seguía su sutil movimiento como quien ve volar a una mariposa. La emoción se templó en la tímida lágrima que dibujó una gota en ambos lagrimales, coincidió con el silencio y esto le permitió bajar la barbilla y ocultar la única condición que nos hace humanos, sentir el dolor del otro como nuestro. Siguió tras unos minutos en los que Juan y yo nos mirábamos incrédulos y asimilando lo que habíamos escuchado. Esa sensación de impotencia que se había alojado en mi garganta iba creciendo como una bola de pelo enorme que no me dejaba tragar bien. Demetrio afirmó que no era el único que debía obediencia al amo, que era aún peor el dueño de la churrería, su hijo había heredado el mismo comportamiento de su padre. Miré el saquito que tenía entre mis manos, lo abrí, lo volqué sobre la mesa y salió una pequeña llave y un papel doblado en cuatro veces. Demetrio miró y calló, puse la llave a la luz de la vela, era pequeña, vieja y pesada, parecía que no perteneciera a una puerta, por su tamaño. Le pregunté a Demetrio y no reconocía qué abría. Desenvolvimos el papel, ninguno esperábamos lo que allí se nos contaría, no habíamos escuchado aún la mayor atrocidad. El papel era de Antonio, ponía que debía irse, pues el dueño de la churrería lo hizo llamar con un mensaje que ponía: «No olvides tu obediencia, ya sabes las consecuencias». Nos indicaba que los que guardan silencio lo hacen justo para evitar el peligro de los que protegen, que el silenciado sufre chantaje, resignación y sumisión a cambio de protección. El nuevo amo, el dueño de la churrería, era aún peor que su padre, había heredado no solo sus esclavos, sus costumbres, sino además había adquirido una elaborada manera de tortura a todos ellos. El mal de la mina había aparecido con el padre del primer amo, era una enfermedad congénita que desarrollaba malformaciones físicas, dificultad en la comunicación y agresividad psíquica. Otra variante de este mal la padecían los silenciados, aquellos que tras conocer una verdad descarnada solo podían callar, mirar a la luna y pedir esperanza con un rezo que les enseñó la santa. El nuevo amo no concebía la muerte de sus hermanos enfermos, quería un ejército de seres manipulables con una agresividad desmesurada, aunque, como toda enfermedad, tiene sus variantes y sus grados. Él llamaba a estos enfermos *mancipium*, según Antonio era la manera en que en la antigua Roma se llamaba a los esclavos; así los utilizaba, empezaron a bajar a la mina de noche, los utilizaban como bestias de carga, los trataban como bestias de carga, comían como bestias de carga y dormían en el pabellón de la derecha, nada más entrar en la mina. Se los quitaba a las madres violadas por su padre, las desposeía para perpetuar su obediencia, su silencio, sus rezos, su mal de la mina. Antonio nos desveló quién fue el primer niño nacido con el mal, era hijo del matrimonio legal del antiguo amo y su mujer, ella tras el parto quedó silenciada, él dejó con vida a su criatura durante 15 años, por la noche chillaba, era un chillido estremecedor, difícil de ocultar. Era violento, y exigía cubrir sus necesidades en todos los ámbitos, también en el sexual, era la única manera de calmarlo. Su padre, el amo, buscaba víctimas sin diferenciar el género, aquella noche estaba de turno un chico noble que acompañaba a Sebastián, Sebastián sabía qué había que hacer cuando sonaba la campana del cuarto de calderas. Había que enviar al acompañante al cuarto inmediatamente, a buscar cualquier cosa, después vendrían los alaridos y por fin el silencio. Sebastián aquella noche no esperaba la campana, no podía creer que fueran tan injustas las circunstancias, aquel joven no era cualquier joven, era el hijo pequeño de Cosme. Cosme, su amigo, el que lo ayudó en la búsqueda de su mujer, el que la rescató del pozo; era su hijo pequeño. La campana sonó insistentemente hasta tres veces, el vigilante se retiró a fumar, debía permanecer allí hasta que viera entrar a alguien y después cerrar y volver antes del amanecer. El vigilante vio entrar a alguien, tiró el cigarrillo por la mitad al suelo, lo apagó, cerró y se fue. Y empezaron los chillidos desgarradores del ser, en medio de aquello sonó el rezo de la santa: «Con Dios me acuesto, con Dios me levanto, en el chillido del doblado limpio mis pecados. Limpio mi casta, limpio esta alma; descansa, criatura, que tu ángel te guarda». Cesaron los chillidos, por poco tiempo, pero fue el tiempo necesario para que Sebastián abriera la puerta.

El cuarto de calderas

Mientras sonaba la campana reiteradamente Sebastián le dijo al hijo pequeño de Cosme que lo escuchara con atención, que de ello dependía su vida. Debía entrar como si fuera a buscar algo, le previno de lo que iba a encontrar allí, le describió sus ojos, el color de una piel que deja ver a su través venas, inervaciones y fascias, una enorme boca, como sin terminar de hacer, con dientes apiñados hacia delante, dos huecos en medio de la cara a modo de branquias cubiertas por una membrana blanquecina que hacía un ruidito al moverse para dejar entrar el aire, ese ruido es su manera de comunicarse, a más alto lo emita más ira; si permitía que llegara a un tono alto ya no habría vuelta atrás, como una turbina que necesita un tiempo para coger velocidad y para reducirla. Antes de que aumentara el volumen del ruido debía hacer el rezo, insistió en que lo recordara. Hubiera sido imposible si el hijo pequeño de Cosme no se lo supiera de antes, pero lo sabía, se lo había enseñado su madre, cada noche mientras lo bañaba. Sebastián le dijo que mantuviera el rezo como un canto, como una nana que se le canta a un bebé, que lo mantuviera mientras se iba el guarda, Sebastián llegó al candado y abrió con la llave que tenía en un manojo que llevaba en el lateral del cinturón. No debía parar de hacer el rezo por dos razones: la primera, para paralizar al ser que se iba a encontrar; y la segunda, para permitir que Sebastián localizara dónde estaba, debía ir de la parte lateral de la entrada a la puerta del cuarto de calderas, apenas cincuenta metros, pero si por algún motivo no podía llegar a tiempo le pidió que hiciera uso de la navaja que Sebastián le entregó. Había poco tiempo y todo fue muy rápido, Sebastián llegó hasta el candado lo antes posible llevado por la voz del chico. El manojo de llaves cayó al suelo, Sebastián la reconocía por un pequeño cable que le había puesto para amarrarla a la arandela que sujetaba el resto de las llaves. La localizó, dejó de oírse el rezo y sonó el chillido chirriante de las membranas zumbando para hacer entrar grandes cantidades de aire. Sebastián abrió, escuchó chillar al hijo menor de Cosme, buscó su ubicación por el sonido, el chico lo vio y le indicó dónde estaba el ser, en ese momento los ojos color miel claro del ser se giraron hacia donde Sebastián venía con una azada en lo alto, sujetada por ambas manos, resoplando. El ser soltó al chico y se abalanzó sobre Sebastián, lo tiró al suelo con un sonoro golpe, le arrancó el cinturón, lo puso boca abajo, le bajó el pantalón y el chillido fue ensordecedor; tras él, el silencio, el ser cayó a plomo encima de Sebastián, quien estaba sangrando. Llamó al chico, tras un breve espacio de tiempo, le dijo que estaba bien, la navaja estaba alojada en el cuello del ser, un reguero de sangre humeante empapó el suelo arenoso de la sala de calderas. Guardaron silencio, recuperaron el aliento mientras el hijo menor de Cosme quitó al ser de encima de Sebastián, después corrió a buscar a Cosme. Antonio estaba fumando en su pequeño porche destartalado, vio pasar a ambos camino de la mina con mucha prisa y pensó en Sebastián, fue detrás de ellos. En el camino el chico le contó todo a Cosme, este andaba cada vez con más rapidez, llegaron hasta Sebastián, se estaba lavando en un cubo con agua caliente. Cosme lo vio y le dio un abrazo que podía haber partido un árbol, en silencio fueron a la sala de calderas, allí estaba el cuerpo del hijo del amo, el ser. Quedaban apenas dos horas para que llegara el vigilante a recogerlo y llevarlo al lugar donde lo escondían, en el sótano de su casa. Sebastián lo tenía claro, tenían que incendiar el cuarto de calderas para que no hubiera rastro, para que no se encontraran pruebas de que el chico no había muerto. Podían creer que en la batalla entre ambos cayó una garrafa de combustible al suelo, el chico fumaba y en su afán de escapar o de no sufrir lanzó una cerilla. Hasta ahí todo claro, pero había otros dos problemas, a dónde huiría el chico y cómo harían aparecer dos cuerpos en caso de que el incendio fuera sofocado antes de hacer desaparecer la osamenta del ser. Entonces Sebastián indicó que en los mausoleos que custodiaba había cuerpos. Desenterraron uno de los más antiguos, limpiaron los rastros, vertieron combustible encima de los cuerpos, prepararon la escena, se pararon de pie, se miraron, se disponían a lanzar el misto, se miraron, dudaron, y otro misto lanzado desde detrás de ellos incendió rápidamente los cuerpos y ardió todo.

El cuerpo

«Por curioso que parezca, los cuerpos de estos seres están cubiertos de mayor cantidad de agua, tienen una especie de *vernix* que cubre sus cueros cabelludos a modo de pelo albino, también cubría las palmas de las manos, la planta de los pies, las zonas óseas de la cara, alrededor de los ojos, la zona más prominente de la nariz, el mentón y las cejas, las rodillas, los codos y la zona que cubría el corazón, con forma de mancha irregular. Al arder todo, estas zonas del ser se mantenían encendidas, pero no desaparecían, indicativo ineludible de que eran ellos. La mancha que cubría el corazón era distinta en cada uno de ellos, a modo de ADN macroscópico».

Seguimos leyendo en el papel el relato de Antonio narrando lo sucedido:

«Sabían que llegarían en nada alertados por el humo y las llamas, el cuerpo del panteón quedó calcinado de inmediato, estaba en putrefacción, en dos minutos solo quedaban huesos ardiendo. Una voz les indicó que corrieran, que había poco tiempo, era la voz de una mujer, una que había estado desde el inicio en todo esto, la que nos enseñó que la oración calmaba a los seres, la que estuvo en el primer parto de uno de ellos, la que lo cuidó cuando fue rechazado por su madre, la que lo amamantó porque también había parido hace poco, la que hasta ese momento no se había pronunciado fuera del anonimato, la que lo dormía con esa oración, tu abuela María. Rápidamente reaccionaron, el hijo de Cosme corrió a los brazos de su madre, Sebastián fue llevado por Cosme hasta el lugar donde debía estar cuando llegaran los vigilantes, le apretó la mano fuerte sin decir ni una palabra, después fue hasta su mujer y su hijo, y se disponían a irse cuando les dije que lo había visto todo. Estaba muy enfadado y le recriminé a Cosme que no hubiera confiado en mí, era yo, Antonio, su amigo de siempre. Cosme me pidió que fuéramos a casa y allí hablaríamos tranquilos. Ayudé a Cosme a ocultar a su hijo menor en el establo, en el gallinero, hasta que pudiera organizar mi viaje para ir a vivir con mi hijo a la ciudad, entonces me lo llevaría, entre los muchos cacharros de una mudanza sin retorno. Todo parecía estar bajo control, pensamos que la reacción del amo sería violenta, pero fue servida como toda buena venganza, en plato frío, ese día visitó a la familia del otro fallecido, supieron simular el duelo, aunque realmente habían perdido a un hijo que se iría lejos y para siempre. Mi viaje se aceleró un par de días, la cerda rosa, que estaba recién parida, estaba muy nerviosa, aquella noche hizo un boquete en la alambrada, el hijo menor fue llevado al doblado, para que no se sospechara, Cosme hizo ver que pasaba el gallinero arriba para evitar problemas entre sus animales y para que la cerda estuviera tranquila, además dejó saber que tenía pensado reconstruir la churrería y hacerla más grande. Así alimentó un nuevo pasatiempo para el pueblo y un chascarrillo diferente, su hijo ya había salido del pueblo entre mis bultos y conmigo».

La última frase de aquel papel fue:

> «La vida es cíclica, todos somos un Sísifo que repite su intento de cambiar el mundo cada día, luego están los que se conforman y por último está Zeus. Él...».

Así terminó su relato para nosotros, ahí, como quien está contando un cuento y no puede terminar porque algo lo interrumpió. Juan y yo nos miramos, Demetrio suspiró y nos indicó que debíamos volver a casa y hacer como si nada hasta saber de dónde era esa llave. Llegamos tarde a cenar y la abuela nos castigó sin baño, sin su rezo, y nos puso la cena fría. Esa noche ninguno de los dos dormimos, solo pensábamos que sabíamos de dónde era la llave y que íbamos a esperar el momento idóneo para comprobarlo. Nos creímos justicieros, dignos sucesores de los que tienen que esclarecer los hechos. Creímos que Antonio nos había confiado una llave para hacer saber al mundo lo que sucedía, lo que ocultaban el amo y sus silenciados, creímos que debíamos liberar a un *mancipium* para que fuera descubierta toda la verdad y el amo fuera justamente castigado. Nos creímos aquello de que los malos pierden y que estábamos al lado de los débiles, estábamos dispuestos a no fallarles.

La llave

El papel donde Antonio nos explicó lo pasado en la sala de calderas lo quemamos en casa de Demetrio aquella tarde. En las conversaciones que mantuvimos Juan y yo esos días, mientras planeábamos cómo volver a subir al doblado sin ser vistos y comprobar que la llave era de aquel candado, recordamos lo sucedido cuando aún apenas sabíamos nada, cuando jugábamos de manera inocente a socializar y probar quién era el más fuerte. Yo me entretenía esclavizando, a modo de juego infantil, a Juan, para no desvelar su debilidad, supongo que este juego de niños era la antesala de lo que nos pasó después. Los mayores también jugaban a eso del chantaje, la dominación del más fuerte, la sumisión del que más tiene que perder; salvando la diferencia, entre nosotros había unos límites. Por mi parte, desde la lectura del papel de Antonio en el refugio de Demetrio, liberé a Juan de su esclavitud, no me sentía cómodo. Él, de manera espontánea, me llenó de halagos y me agradeció todo lo que había hecho por él. Me recordaba que de no ser por mi chantaje jamás hubiera sabido quién era y lo que podía hacer. Se recreaba en cómo subió al doblado una vez que el abuelo no podía calmar al monstruo del doblado con su rezo, por el repique de la puerta del cementerio. Cómo subió allí sin saber qué le podía pasar, sin saber qué encontraría y, sobre todo, sin saber si saldría ileso y/o volvería. Todo eso lo hizo más fuerte, lo hizo valiente, aumentó su mermada autoestima y, además, lo ayudó a encontrar un amigo fiel, ahí me nombró, ¿dijo mi nombre después de *amigo fiel*? Sí, así es, pasé de tirano a amigo fiel, ¿podría pasar eso entre los adultos?, ojalá fuera posible, pero hasta saber si era o no posible teníamos una misión que requería nuestra concentración. Nos esperaba el doblado y su misterioso huésped, ese que mi abuelo y mi abuela acunaban por las noches. Era una misión que había venido a nosotros, que se nos había encomendado para hacer justicia. La inocencia propia de dos niños no nos dejaba ver que todo conlleva un precio y que no siempre ganan los buenos, más aún, ¿quiénes eran los buenos? Ante todas esas dudas y a pesar de las posibles consecuencias, Juan y yo hicimos un pacto de sangre, cogimos del primer cajón de la desconchada cocina la navaja mediana del abuelo Cosme, la llevamos a la habitación, hicimos dos tiras de la sábana última, meada, que teníamos guardada, nos hicimos un pequeño corte en la mano izquierda, la del corazón, unimos las manos y juramos no hablar con nadie de lo sucedido ni de lo que sucediera, después nos atamos la herida con los jirones de tela, para detener la sangre. A Juan se le ocurrió hacernos unas tiras para la frente, así pareceríamos guerreros y nos daría fuerza para esa noche. Esa noche habíamos decidido subir, la abuela andaba pachucha en la cama desde hacía varios días, sabíamos que mi madre subiría a dar de comer a lo que fuera que estuviera arriba, pero creímos que no se quedaría mucho tiempo, y mucho menos a vigilar. Fue peor, esperamos quietos en la cama, mamá iría a ver si estábamos dormidos, antes de ir a su habitación y cerrar su puerta, pero sorprendentemente no subió, solo miró si estábamos dormidos. Justo después, nos levantamos, pusimos las almohadas bajo las sábanas, para simular que éramos nosotros, y sin apenas hacer ruido abrimos la puerta. La luz que entraba por la ventana de la cocina, la que estaba justo por encima del fregadero de dos senos, dejaba pasar una luz amarillenta de la farola de fuera, a renglones, por la vieja y destartalada ventana de madera que caía por ella dejando un triángulo rectángulo en la esquina inferior derecha. La luz amarillenta de ese triángulo caía sobre el inicio de la escalera, eso nos indicaba la línea recta desde nuestra habitación hasta ella. Subimos los dos, Juan insistió en ir primero, lo respeté. Cuando llegamos arriba le pasé la llave, fue a introducirla y no entraba, ¿cómo no iba a entrar?, le indiqué en voz baja que me dejara intentarlo, tampoco pude hacer entrar la llave, no era de allí, íbamos a dejarlo y bajar cuando una voz nos recriminó que qué hacíamos allí. Era nuestra oportunidad, los tres a solas, sin nadie más, mi abuela podría habernos contado todo, podía haber confiado en nosotros. Sin embargo, nada más lejos de lo acontecido, la abuela se limitó a mandarnos a dormir, sin mediar palabra. Juan me miró y comenzó a caminar, yo lo seguí y a la altura de la abuela le mantuve la mirada y le dije que cómo podía mantener una mentira, un silencio que, además de ser una pesadilla para ella, estaba arruinando todo, que si ella hablara se sabría todo. Fui más lejos, le pregunté directamente qué escondía en el doblado, que si creía que no lo sabíamos ya, al igual que el paradero de su hijo pequeño. Soltó el bastón que tenía agarrado con ambas manos y su mano derecha se alzó casi al techo para estrellarse contra mi moflete izquierdo. Me dolió su dolor, lo pude sentir, recogió su mano el bastón, miró al frente y me dijo que me callara. Corrí a la habitación seguido por Juan, me ardía la cara, pero aún más me ardía el pecho, se me iba a salir el corazón, mi abuelita se había transformado al igual que el abuelo Cosme la noche que pegó a Pompones. Me quedé en ese instante horas bajo las sábanas, Juan me hablaba y no podía responder. A la mañana siguiente mi abuela seguía en cama, mi madre me llamó a la habitación y me hizo disculparme.

Mi abuela tampoco hablaba, solo decía «los niños», «los niños», falleció a la semana, dicen que fue una hemorragia cerebral por una subida de tensión. Juan fue enviado con sus otros abuelos, que se habían ido a vivir a la playa. Antes de irse mi madre nos abrió el doblado, nos lo enseñó, allí no había más que un gallinero con cuatro gallinas viejas, mucho trasto y un viejo oso de peluche color rosa chicle. Un pitido nos asustó, era el coche del dueño de la churrería, el hijo del amo, mi madre nos hizo bajar. Le dio el pésame y le hizo saber que se había visto a dos niños merodeando por la mina. Mi madre le dijo que esos niños serían castigados como merecen. Juan marchó, no lo volví a ver, yo después de tres años fui a buscar trabajo a la gran ciudad. Allí me enamoré de mi compañera, mi jefa, era alemana, nos casamos en Alemania y allí viví. He vuelto porque ha fallecido mi madre, su abogado me dio lo acordado en su testamento, la casa, la pequeña llave y una larga carta donde se explica lo que quieren hacer con la mina, un moderno cementerio nuclear de referencia a nivel nacional. En el pie de página, en rojo, ponía: «No lo permitas, hijo, la llave abre la galería de la entrada», sin más.

Agapito volvió al tiempo real, con nosotros, y nos dijo:

—Bueno, les necesitaba contar todo esto para ver si con su ayuda se podía parar esta locura, la apertura de un cementerio nuclear sería la lápida de oro perfecta para el amo de la mina, pero el entierro de este pueblo y sus gentes. Quería que supieran lo que venían sufriendo desde décadas atrás, pero no les quito más tiempo, empieza en breve el partido y además espero visita.

—Tranquilo, podemos quedarnos —le respondí—. ¿Verdad, compañero?

—Sí, claro que podemos esperar, con llegar al segundo tiempo… —concedió el fotógrafo, incómodo.

Por lo que tuve que enfatizar:

—Su causa y más aún su historia no deja indiferente, cuente con mi ayuda, pero debemos terminarla. ¿No le incomodará a su visita nuestra presencia?

—No creo que a Juan le preocupe —replicó Agapito—. También viene mi tío pequeño, vivió con Antonio hasta hace unos años, que fue a la playa y allí se encontró con Juan, se visitan a menudo, por lo que me ponían en la carta que me entregaron ayer.

Sonó el timbre y Agapito se levantó con cierta dificultad y fue a abrir.

La visita

Agapito tardó en volver a la sala, se oían risas, palmadas en espaldas nobles, como hechas de roble hueco, y algún que otro sollozo. Se oían los pasos con huellas pesadas por el estrecho pasillo, llegaron a la sala donde tomaban café y Agapito dijo:

—La sorpresa ha sido triple. Pensé que vendrían Juan —Juan, un señor de cabellos color plata y arrugas alrededor de los labios, algo delgaducho y muy moreno de piel, se adelantó e hizo un gesto con la cabeza a modo de saludo tímido— y mi tío el pequeño, cuyo nombre he conocido hoy, se llama Isidro —un señor añoso, de casi ochenta años, apoyado en un bastón y con apenas cabello, hizo un gesto sin adelantarse—. Pero hay alguien más, mirad quién ha venido, se llama Cosme.

Cosme tenía la piel muy blanca, apenas tenía cejas ni pelo en el cuero cabelludo, sus ojos eran de un azul muy claro, muy intenso, sus labios gruesos color rosado. No tenía pestañas, en la parte superior de la cabeza tenía un engrosamiento de color blanquecino, cuando levantó la mano para saludar vi que también tenía las palmas de ese color blanco intenso. Iba vestido con un traje de chaqueta color azul oscuro, una camisa azul clarito y un reloj que dejaba sonar el minutero. Caminó un paso adelante, muy recto, como si se esforzara en parecer un caminante sobre dos piernas experto. Se inclinó levemente y movió los labios como si dijera «hola», aunque ningún sonido salió de su boca.

Mi compañero el fotógrafo y yo quedamos boquiabiertos, nos levantamos ligeramente del asiento y nos inclinamos. Agapito se dispuso a poner café para todos y los dejó hablando sobre la mina y el cementerio nuclear. Juan se ofreció para ayudarlo en la vieja cocina.

—Mira, Agapito —observó Juan—, aún está la persiana rota de la misma manera, con el triángulo aquí abajo, en la esquina derecha.

—Sí, solo que ahora nuestros ojos están más arriba, mucho más, ya hemos crecido.

—Sí, mi vida en la playa fue como un sueño, rodeado de mar azul y paz, sin minas, sin seres, sin secretos. Al principio tuve pesadillas, me hice pis en la cama durante años, creo que hasta los diecisiete, lo pasé mal, pero lo superé, había una fuerza en mí distinta. Pude hacer vida normal, hasta que volví a encontrarme con el pasado de frente y de la mano de tu tío Isidro.

—Parece que el pasado no quiere morir con mi madre, ¿verdad?

—Parece que aún la misión nos busca, Agapito.

—¿Tú ya lo conoces?

—Algo más que tú, pero no he llegado a comprenderlo.

—¿Algo más?

—Sí, el destino me llevó a la vida de Isidro y Cosme.

—Juan, ¿quién es Cosme?

—Mejor nos sentamos y te lo cuento.

Agapito cogió el azucarero y siguió a Juan, que llevaba la bandeja con los cafés y las pastas. Juan ofreció los cafés y sirvió a todos; mientras, sentado, Agapito repasaba uno a uno los datos que guardaba en el recuerdo, intentando vislumbrar quién era Cosme. Solo el nombre lo situaba en un entorno cercano, llevaba el nombre de su abuelo. ¿Sería el hijo de Isidro? ¿Sería otro hijo bastardo del amo? ¿Hijo de Antonio? ¿Quién era Cosme? Esta pesquisa activó una turbina interior difícil de parar, abstrajo a Agapito durante unos minutos hasta que Juan dijo:

—Bien, creemos que es oportuno y necesario contarte algo que es tuyo, Agapito, algo que descubrí cuando ya estaba muy lejos de ti, algo que te pertenece y que te ocultaron, yo lo descubrí gracias a Isidro.

Entonces Isidro, sin titubear, interrumpió a Juan:

—Escucha. —Ahí y entonces hubo un silencio atronador, al principio no se sabía a qué se debía, después la mirada horizontal, neutra y tímida de Isidro desveló que ese silencio solo respondía a la tonta pregunta de una mente noble: ¿lo llamo sobrino? Cogió aire profundamente, como cuando vas a bucear o a tirarte en caída libre, miró a los ojos de Agapito y siguió—. Agapito, esto que debo contarte pertenece a la historia de nuestra familia, de las familias que durante años necesitaron el pan, el trabajo; y el no conocimiento las catapultó a un rincón de pensar donde no había otra opción que rendirse. Por sus criaturas, por sus mujeres, por sus hogares, por su medio de vida..., rendirse porque no había otra opción o no la conocían. Me considero afortunado, porque yo tuve otra oportunidad, no quise ni pensar las consecuencias de mi oportunidad, nadie me preguntó si quería esa oportunidad y aún menos cuál sería el precio. Todo tiene un precio y a veces es demasiado alto, a veces calla a tu madre, hiere a tus seres queridos y paga quien menos esperas.

Juan lo interrumpió:

—Espera, Isidro, empieza desde el principio, desde donde nosotros conocemos, desde que te metieron entre los cacharros de Antonio. Hasta ahí conocemos la historia, o eso pensamos.

Isidro contestó rápido:

—Sí, cierto, disculpadme, a ver, sí, yo iba entre las maletas de madera de Antonio, unas seis o siete, sus trastos, un cajón de herramientas, un viejo paragüero, de esos dorados que se limpiaban con nanas para que brillaran más, unos bastones hechos a mano, tres asientos de corcho, unas alforjas bordadas con iniciales, dos cuadros muy viejos, dos tinajas de barro medianas, dos mesillas de madera oscura y un cabecero de forja. Me acompañaba algo más, tristeza, un peso que me hundía el pecho y no me dejaba respirar bien. Tragaba saliva intentando liberar la presión y el peso se trasladó a la garganta. Era como si mil cristalitos me desgarraran a la vez la garganta, y entonces, justo entonces, decidí despedirme de todo, decir adiós a todo, olvidar. Dicen que el olvido es difícil, yo aprendí que es imposible, vives como adormecido, como dividido en dos líneas temporales, llamarlo *vivir* es atrevido porque lo que realmente haces es sobrevivir. Olvidar tu infancia, tu casa, los olores de tu vida, lo enseñado por tu padre, las caricias de tu madre... olvidar. Y lo que era aún peor, por obligación, algo impuesto que realmente no lograbas entender, olvidar el infierno de aquella noche y el fuego. Todo eso me costó un mundo, me costó tiempo, esfuerzo, vida, me costó felicidad, me costó tanto. Lo que no sabía entonces era lo que sé ahora, si no, quizás hubiera estado en la cárcel. Muchos días, bajo un limonero del patio del hijo de Antonio, a la sombra, pensaba si había hecho lo correcto, si no debía volver, si no faltaba justicia, si llegaría. Un adolescente cree, cree en el mundo, cree en la gente, cree que la vida tiene un propósito. Me retenía allí la bondad de la familia que me acogió como a uno más, pero cuando Antonio volvió de la venta de su casa… aquello… aquello me destruyó. ¿Cómo imaginar que hay algo peor que el infierno? Lo había, Antonio trajo consigo una daga que me cambió la vida, para siempre. Aquel viejo limonero, al que le contaba mis pesares, me prestó sus ramas para entregarle mis últimos pensamientos, me rendí. Intenté dejar de escuchar, de ver, de sentir, creí que la vida me pesaba demasiado y no podía con ella o contra ella. El mismo que causaba mi dolor evitó mi muerte, Cosme.

Antonio se disgustó mucho por aquello, no entendía que un hombre se rindiera. Yo sabía el secreto de Antonio, él era el primer hijo bastardo del amo, por eso su trato de favor hacia él. El amo tardó años en tener otro hijo sin el mal de la mina. Lo tuvieron todos los demás, excepto Antonio y el dueño de la churrería. Por todo ello su vida fue algo diferente a la de los demás, dicen que el amo estaba enamorado de la madre de Antonio, estaba desesperado por tener un digno heredero. El hijo legítimo del amo, el dueño de la churrería, no conocía su existencia, pero el amo sí, las habladurías iban en aumento. Así que primero ofreció estudios y casa a sus hijos y después a él, cosa que tardó en hacer, no lo hizo hasta que yo debí salir del pueblo para salvar mi vida. Hasta aquí todo bien, pero me faltaban tantos datos. Pregunté insistentemente a Antonio, mi segundo padre, qué era aquello que me atacó en el cuarto de las calderas. Antonio me lo contó pasados unos años, él pensaba, al igual que yo, que eran seres que nacían así, violentos, incapaces de sentir y de ser bondadosos. Nos equivocamos, muchos de los seres que se escondieron en la mina, los vivos y los muertos, eran hijos del amo, y de sus hijos, el dueño de la churrería y el ser. Los seres procreaban, un dato que no sabíamos por entonces, al igual que no sabía qué suerte había corrido mi familia al irme yo.

Al irse Isidro

Isidro seguía su relato, como el que no va a sorprender en ningún momento con ninguna palabra, con ningún tono.

—Pues al irme yo, mi padre, Cosme, se quedó en el establo, para que nadie viera su dolor. Mi madre, ausente, caminaba sin descanso, por la casa y el patio; por la noche, incapaz de dormir, salía al aire libre. Mi tristeza se apoderó del hogar, de todos sus rincones, de cada vacío y sobre todo de una parte de cada uno de los miembros de mi familia. Debe de haber una memoria genética que nos ayude a recibir lecciones como miembros de un sistema complejo como es la familia. Como si todos los miembros estuviéramos interconectados, por dendritas o finos hilos invisibles que vibran bajo una misma frecuencia, y a través de esa frecuencia se comunican y aprenden. Pues bien, toda mi familia de una u otra manera había aprendido una lección que no los ayudó a subir, a volar o todos esos verbos que te dejan más alto de donde estabas; no, los había dejado de rodillas. Se sentían susceptibles, mancillables, frágiles. Mi padre apenas podía controlar su impotencia, su dolor, que recibía Pompones. Mi padre hizo de tripas corazón, intentó cambiar el motor que los movía y propuso la iniciativa de hacer obra en la churrería, evolucionar. Esa fue la excusa que necesitó el dueño de la churrería para volver a pasear su supremacía, su poder, por delante de su posesión y de lo que consideraba suyo. Aquel día mi padre golpeaba a Pompones una y otra vez para enseñarle a obedecer porque le costaba subir a la mina el doble de tiempo. Según me contó Antonio, mientras mi padre le contaba esto de manera detallada, entrelazaba las manos, apretaba una contra otra y apretaba la mandíbula. Prosiguió diciendo que un chillido le hizo salir del establo sin mirar si cerró o no la puerta. Corrió a la casa y justamente antes de llegar salió el dueño de la churrería en camisa, lo empujó y le dijo que recordara su silencio, su lugar, y todo lo que debía a su familia. Mi madre, María, temblorosa, mantenía un cuchillo en la mano derecha, lo apretaba de la misma manera que mi padre sus manos. Su otra mano, la izquierda, se apoyaba igual de fuerte en la mesa donde comíamos, como quien se sujeta para no caer. Sus ojos estaban inyectados en ira, inundados de contención en forma de lágrimas, y apretaba su labio inferior con sus dientes superiores, haciéndose daño y aguantando el dolor. Mi padre le dijo a Antonio que sabía que había sucedido algo por cómo lo miraba mi madre, que no sabía qué hacer, y mantuvo la mirada al dueño de la churrería. Este sonrió de medio lado y sin más se fue, dejando detrás la mirada entrecruzada de mis padres. Cuando ya no los podía ver, mi madre corrió a la puerta y la cerró, le dijo a mi padre que la ayudara. Subió al doblado sin saber qué iba a encontrar, sin hablar, siguió a mi madre sin cuestionar, un escalón tras otro, cuando llegó arriba vio un bulto bajo una cazadora, según se acercaba vislumbró un cuerpo, un joven cuerpo en posición fetal. Ese cuerpo no lo conocía o no quería conocerlo, pero su llanto era reconocido por sus oídos, de hecho, lo había escuchado muchas veces, tantas como el llanto de su propia hija. Mi madre se arrodilló, descubrió el cuerpo, frágil, dolorido, frío, amoratado, golpeado, y lo limpió con un suave pañuelo que llevaba en el puño de su chaqueta. Retiró el cabello de la herida que tenía en la mejilla y mi padre, Cosme, se levantó y gritó «no, no, no», así diez veces. María, mi madre, lo calmó pidiéndole agua caliente e hizo su rezo: «Con Dios me acuesto, con Dios me levanto, en el chillido del doblado limpio mis pecados. Limpio mi casta, limpio esta alma; descansa, criatura, que tu ángel te guarda».

—¿Cómo? ¿Quién era? —interrumpió Agapito.

—Espera, escucha —replicó Juan.

—Era tu madre, Agapito, era mi hermana, mi hermanita pagó todo lo que no me sucedió a mí —Isidro continuó.

Agapito se levantó.

—Sigue, Isidro, sigue, por favor.

—Los rezos siguieron escuchándose en la casa, cada noche, después mi hermana salía al patio a caminar; a los meses, dejó de hacerlo. No volvió a verla nadie, dicen que enfermó seriamente. La noche de San Juan todos iban de casa en casa, bebiendo de la bota de cada vecino, bebían la cosecha de cada uno, sus vinos de pitarra, los ofrecían como su mayor tesoro, los ofrecían con honor y felices. Mi padre estaba en el patio con toda su familia, menos tu madre, Agapito, mi hermana. Mi madre fue a ver cómo se encontraba, pero no volvía, entonces mi padre bajo aquella enorme luna llena entró en la casa a buscar a las dos. No estaban en la habitación, mi padre, Cosme, llamó a mi madre, no hubo respuesta, una fuerza interior, o algo parecido, tiró de él hacia el doblado, se oía un chillido, un extraño chillido agudo que estremecía las tablas del viejo doblado. Subió y allí arriba vio a tu madre y a la mía, juntas, ensangrentadas. Mi madre María sujetaba un pequeño rebujo de trapos que iba a meter en un cubo con agua. Mi hermana miró a mi padre y le pidió que no le permitiera hacerlo, que se lo impidiera, mi padre le quitó el revoltillo de trapos de las manos, pesaba mucho, lo abrió y allí estaba, dos ojos brillantes lo miraron fijamente y dejó de chillar. Mi madre, María, gritó: «Lo iba a matar, Cosme, ha perdido el juicio, lo iba a matar». Mi padre, enmudecido, le tapó la boca, limpió al ser y miró a tu madre, y le dijo: «Solo te pido una cosa, es más, te la exijo, llevará mi nombre». Vuestra madre lloró y le pidió al bebé; mi padre, Cosme, abrazó a mi madre, María, tan fuerte que perdió el miedo, olvidó el abismo que se había apoderado de sus manos y le había hecho olvidar quién era. Sois hermanos, sois hijos de mi hermana, y os amó.

Al irse Antonio

Isidro siguió describiendo el amor que, según Antonio, había en el hogar de mi abuelo por el nuevo miembro. También el miedo y la cautela que había para que no fuera descubierto, porque de ser así hubiera sido llevado por el amo y el dueño de la churrería a la mina, donde tenían esclavos nocturnos a bajo coste. Este es otro de los hallazgos que Isidro desveló mientras el primer tiempo de la final Italia-España llegaba al descuento. Así nos lo hizo saber el cámara, mi compañero rompió la atmósfera de absoluto respeto a la abnegación para dejar paso al giro de todas las miradas hacia Cosme. Hice un amago de levantarme contra toda inercia que parta de la voluntad, lo hice por el tiempo que había pasado desde que nos sentamos y por respeto al momento que se debía de vivir en la casa cuando nos fuéramos los que no compartíamos consanguinidad. Me paró en seco la voz de una vieja emisora que Agapito puso en un segundo espacio sonoro para regalar a mi compañero la opción de hacer dos cosas, estar y escuchar. Mi compañero sonrió y asintió con la cabeza, me acomodé de nuevo, y entonces Agapito se acercó a Cosme y le dijo:

—¿Eras tú?, ¿verdad?

Cosme, con su mirada fija en Agapito y algo tembloroso, musitó:

—Sí.

Hubo un largo silencio, se miraron, las manos de Agapito se apoyaron en las rodillas de Cosme, quien puso sus manos sobre las de él.

Isidro, algo conmovido, continuó hablando:

—Antonio volvió al pueblo a vender la casa y alertado por una carta que recibió de su padre, el amo. La carta decía así.

Isidro abrió un viejo papel doblado:

Querido hijo:

Me dirijo a ti porque ante una muerte cercana un hombre deja paso a sus debilidades. Muchos son los errores que me pesan, también algún acierto, de los cuales no soy más que una vieja víctima. No dudes que el dolor que causas a otros se paga asumiendo que morirás como un monstruo, solo. El día que supe de tu existencia fue el primer día de mi vida que padecí el miedo que sientes al ser feliz; sabes que durará un suspiro, y da miedo. Efectivamente, nunca pude tenerte cerca, es más, tuve que alejarte, y como mucho mirar cómo caminabas hacia el colegio o cómo jugabas con esa inocencia que nunca se me permitió tener. Eso es lo que hice por ti, hijo, apartarte de lo que conlleva llevar mi apellido, Quina, y darte la opción de hacer una vida diferente, la tuya, con todas las fases normales de una vida normal. Donde no se te imprime un sello desde la más tierna infancia donde se te exige imponer tu poder. No voy a entrar en más detalles, porque son historias silenciadas por años. Solo decirte que gracias por lo que me aportó tu nacimiento, gracias por no exigir nada, gracias por enseñarme, sin quererlo, lo que es una vida digna y ser una persona admirada sin imposición ni exigencias. Sé que no estoy en disposición de pedir nada, pero si puedes, y solo si quieres, necesitaría una conversación contigo, una de esas conversaciones donde sin hablar de nada se hable de todo. Ojalá se pueda dar antes de que el juez de todos, el tiempo, me juzgue y termine todo para mí.

Hijo, gracias de nuevo.

Manuel Quina Valle, tu padre.

Isidro prosiguió:

—Antonio tardó en venir, esperó una razón más, y por fin la venta de la casa se dio. Cuando se enteró de lo de mi padre, tardó medio día en preparar el viaje. Cuando llegó fue a ver a mi madre, la cual además de por la muerte de mi padre se aquejaba por otra preocupación, el otro Cosme. Había movimientos raros, y temía por él, ahora ya solo estaban ella y su hija, y por si sucedía algo pidió a Antonio un favor, pero Antonio le dijo que era difícil, que la situación era complicada para un ser no socializado en una ciudad, que Cosme sufriría. Mi madre se quedó preocupada y fue a hablar con el viejo amo. Ese día Antonio iba a veros por la tarde en la Charca del Silencio, pero antes hizo algo que no sabía cómo iba a salir, ir a ver al viejo amo, no sabía que mi madre iba a estar allí. Y según me contó lo ocurrido allí fue así, en palabras del propio Antonio:

»Mientras esperé en el primer gran salón a ser recibido, la curiosidad me movió, no pude resistirme y me acerqué a la gran puerta acristalada que había a la derecha. El salón era azulado con motivos dorados, la puerta estaba entreabierta. El criado le dijo al viejo amo que lo esperaban, el viejo amo contestó que esperara un momento, así se me hizo saber. Disimulé, me quité la chaqueta, me senté en un bonito tresillo de color azul más claro que las paredes y cuando el criado dio como cien pasos y salió del salón azul me acerqué de nuevo a la puerta cuidadosamente.

»María estaba seria, le dijo al amo:

»—He cuidado de sus bastardos, de las consecuencias de sus actos, una a una, los he criado, los he calmado y los he dormido. No estuve nunca de acuerdo con la decisión de encerrarlos en las catacumbas y hacerles trabajar por la noche como animales, porque los he criado como hijos. Me dolía todo lo que les sucedía a esos seres, el dolor de las madres, el dolor de un pueblo, el dolor de todos. Y a

pesar de saber cómo acabar con todo, con usted, he guardado silencio. Incluso el día que murió su primer hijo, el primero que crie, junto a mi hijo, callé. Ahora bien, su otro hijo, al que llama hijo delante de todos, violó a mi hija, de ese acto monstruoso salió un ser inocente, al que mi marido y yo, junto a mi inocente hija, hemos criado como un hijo más. Mi hija debía hacer su vida al margen de esa injusticia, y conseguimos que la hiciera, a pesar de que casi pierdo el juicio, casi mancho mis manos como usted ha manchado durante años las suyas.

»El viejo amo se apoyó con dificultad en el bastón, le tembló el cuerpo, pero con una voz alta la mandó callar y le dijo:

»—María, sé que has perdido recientemente a tu marido, pero eso no te exime de tu deber: callar, respeto. No dudes que te trataré como al resto, no me exijas nada porque te eliminaré sin pestañear.

»Tu madre se levantó y dando más voces que él dijo:

»—No te atrevas a amenazarme, ya he perdido demasiado, těmeme, porque sé que no temes a la ley ni a la justicia, pero témeme porque sé dónde clavar la daga y esta vez lo haré, porque ya me has quitado todo. Y si me lo impides a mí, habrá quien lo haga por mí, porque son

muchos los que me deben favores y también han perdido todo, ¡témeme, viejo monstruo!

»El viejo amo se dejó caer en el sillón bordado en rojo, y le dijo:

»—Estoy cansado, María, muy cansado, ya solo quiero paz. Dime qué vienes a pedir y vete.

»Tu madre, Isidro, y juro que fue así, dijo:

»—Vas a dejar salir a todos los miembros de mi familia que no sepan de la existencia de tus actos, de tu cárcel de seres vivos en la mina, de tu maldad. Los vas a permitir irse sin más, sin coacciones, sin exigencias; y, sobre todo, vas a permitir salir a mi nieto Cosme, al que vive en mi doblado desde que nació, al que hemos cuidado con amor mi marido y yo, al que tiene la capacidad de amar porque es lo que ha aprendido. Lo dejarás irse con Antonio, tu primer hijo sano, bastardo, pero hijo tuyo. Lo dejarás irse lejos e intentar vivir como uno más, a cambio te seguiré prestando mi silencio, mis servicios, y no moveré ni un dedo contra tu heredero, el único que tienes reconocido.

»Me asusté, Isidro, me fui, le dejé la carta a tus sobrinos y cuando faltaba una hora para verlos me hizo llamar tu madre, me dio una carta del viejo amo donde me daba dinero para toda una vida y me encargaba la vida de su

nieto, Cosme, su educación y cuidado. También me decía que debía ir sin dilación a casa de María y ella me lo entregaría, que me recogería un coche en media hora en la puerta de la casa que me llevaría a mi casa de vuelta, junto a su nieto. Así lo hice, sin más.

Isidro terminó diciendo:

—Antonio me lo contó desencajado, pero todo ese miedo se transformó en emoción cuando conocí a Cosme, cuando llegó a nuestras vidas, cuando supe quién era por Antonio y su imprudencia. Me dediqué a él en cuerpo y alma, con la misma fuerza que deseé muchas veces abrazar de nuevo a mi madre o a mi padre, por mucho que me cuidaran Antonio y su familia. Lo cuidé como a un hijo, mi hijo.

—¡Final del partido! —Mi compañero, el cámara, saltó de su asiento con gestos y aspavientos, como aquel al que le ha tocado la lotería. Era evidente que estaba fuera de la conversación y del momento.

Pero hubo silencio, incómodo silencio, que no sabía cómo cortar.

Cosme se levantó, se acercó a él, e imitó sus movimientos. Mi compañero, algo desubicado, abrió los ojos, estirando los párpados hasta arrugar la sien. Su lenguaje corporal evidenciaba un cierto temor, la cadera hacia delante, los hombros hacia atrás, curvando la espalda de forma superlativa, la cara lateralizada, sin perder de vista a su interlocutor. En ese momento quería que me tragara la tierra, pero Cosme llevó sus manos a las de mi compañero, tiro de él hacia delante y le pasó la mano por delante del rostro de abajo hacia arriba.

Ahí intervino Isidro:

—Está intentando hacerte reír, por eso te pasa la mano de abajo hacia arriba.

Mi atolondrado compañero hizo una mueca forzada y enseñó los dientes:

—¿Así?

—No, relájate y confía —le indicó Isidro.

Cosme entonces consiguió que mi compañero lo mirara, le cambió la mirada, la luz del rostro, y conectó con él. Desde ese momento empezó a hablar con otro matiz, otro tono y otro vocabulario.

—Quizás penséis que no hay nada de particular en los que estamos aquí presentes, pero os equivocáis. Todos tenéis algo que os hace únicos y a la vez iguales entre vosotros, se ve o yo soy capaz de ver la pureza que lucen vuestros actos. Eso os hace únicos, diferentes e iguales entre vosotros; además, os convierte en un equipo que va a emprender la lucha contra el gigante que destruye todo, la evolución mal entendida. Esa evolución que aniquila especies animales, destruye tesoros arquitectónicos, elimina fuentes de oxígeno, mata árboles y desvía el agua. Esa lucha no es fácil, pero cada uno de vosotros tiene algo que unidos os permitirá conseguirlo.

Mi compañero, el cámara, al que solo le importaba el partido, de repente ¿hablaba de una lucha por la defensa de la tierra?

—Esa lucha la debéis emprender el día que presenten el proyecto del cementerio nuclear. En este equipo hay profesionales de la comunicación, implicados y excelentes. Tenéis la historia precisa para paralizar esta locura, en un lugar que lleva sufriendo décadas. Me tenéis a mí, mutante causado por esa evolución mal entendida, y además tenemos la llave. —Mi compañero cayó exhausto en su asiento, diciendo—: ¡Ese no era yo!

En ese momento, Agapito preguntó a Cosme:

—¿La llave abre algo importante?

Cosme se acercó a mi compañero, puso su mano en la de mi compañero y dijo:

—Efectivamente, abre algo que no dejará al mundo indiferente, por muy enfermo de indiferencia que ya esté el mundo.

Agapito, atropellado e impaciente, dijo:

—¿Qué abre?

—Abre las catacumbas donde vivieron el resto de los seres que eran como yo. Allí encontraremos pruebas irrefutables de las atrocidades que sufrieron y el testimonio de su vida y existencia. Allí... —Mi compañero, el cámara, dejó de hablar poco a poco hasta que empezó a balbucear.

Isidro se levantó de un golpe y fue hacia Cosme:

—¿Qué te pasa, Cosme?

Cosme tenía los ojos cerrados y estaba azulado, su color blanco nacarado pasó a un tornasolado azul. No hacía ningún gesto, no movía las extremidades, parecía que estaba...

—¿Qué ha sucedido? —Mi compañero gritó, llevándose las manos a la garganta—. ¿Qué ha sucedido? No recuerdo nada, estaba escuchando el partido y todo se nubló. He soñado con algo… algo extraño, oscuro, frío, algo que era un eco, un espacio. Era...

—¿Eran las catacumbas de la mina? —dijo Agapito, confuso.

—Puede ser, en la esquina donde cogimos las llaves había unos dibujos, allí se indicaba una entrada con flechas —Juan irrumpió tras un largo silencio.

—Sí, quizás, pero ¿soy el único que se está preguntando qué le pasa a Cosme?, ¿por qué el reportero...?

—Cámara —puntualizó mi compañero—, incluso fotógrafo si quiere.

—Bien, ¿por qué el cámara se ha levantado como levitando y hablaba como si de un muñeco se tratara?

—¿Muñeco?, ¿yo? —repitió mi compañero.

—Discúlpeme, no tengo nada contra usted, solo hago preguntas lógicas entre tanta... ¿locura?

Agapito perdía la compostura por momentos. Entonces Juan le recordó algo:

—¿Locura?, ¿puedes hablar de locura sabiendo lo que sabes, Agapito? Nos tocó crecer en un mundo donde el mayor infierno no era el secreto que descubrimos, el mayor infierno era la realidad. El día a día de nuestros padres y antepasados, los cuales por un trozo de pan debían silencio, abnegación y respeto impuesto a un señor que solo era un verdugo. Una tierra donde crecer sin poder levantar la cabeza porque te la cortarían. Donde no crece la esperanza, donde no hay opciones, donde nada tiene posibilidades de cambiar. No es locura ver a tu madre suplicar por la vida de su hijo, a tu abuelo bajar la cabeza y llorar a escondidas por las atrocidades de las que lo hicieron cómplice sin posibilidad de hacer nada. Mira a ese ser que tienes ahí en tu sillón, míralo, ¿es la ilógica de la que hablas?, ¿o es la única luz, el único regalo que has recibido en años? ¿Quién lo sentenció a crecer sin el amor de su madre? ¿Un hombre de cualidades y calidad totalmente lógicas? Estoy cansado, Agapito, muy cansado y viejo. Y ¿sabes?, ya no soy el meón, la ilógica la establece la razón limitada de los hombres. ¿Qué es lógico? ¿Qué es ilógico? ¿Cómo lo puede establecer una simple mente humana y autoconvencerse de que es el poseedor de la verdad?

Agapito, con la cabeza aún entre sus manos, intervino:

—Iremos a las catacumbas de la mina.

—Al infierno de nuevo —añadió Isidro—. Cosme mejor que se quede aquí.

—Ya me protegisteis demasiado —replicó Cosme—, lo suficiente para demostrar que... un monstruo no lo hace un aspecto, sino la carencia de amor, la carencia de esperanza, de opciones, el no tener nada que amar o a lo que agarrarse cuando hay miedo.

—Por eso mismo... —dijo Agapito—, hermano, el dolor que vas a ver poco te puede aportar.

Cosme asintió con la cabeza.

Grabados

En pocos minutos llegamos a la puerta donde estaba el dibujo que Juan nos indicó. Allí estaban las flechas y las indicaciones que nos mostraron el camino a la puerta. Al acceder al interior cambió la temperatura, la luz era oscura, intensa, sin opción a ver más que oscuridad. Esa oscuridad en la que el ojo suelta la responsabilidad de hacernos ver y se deja llevar. Ahí se encendió una linterna, luz tenue blanca dando vida a la caverna que crearon los ciegos que no querían ver la verdadera luz del mundo. Grabados blancos nácar hechos con cinceles de hueso, fabricados con los cadáveres que no superaban la noche y su gélido abrigo en aquel agujero. Otros símbolos y jeroglíficos a traducir, en rojo sangre, o en sangre. De todo se recogió registro fotográfico, se documentó minuciosamente. Llamaba la atención aquel enorme símbolo que pareciera unos barrotes ocultando dos niñas, de dos enormes ojos redondos. En pequeñas viñetas se mostraba la tortura que sufrieron, en algunas había un objeto común, un cinturón. Tras registrar palmo a palmo preguntamos la hora justa en la que se realizaría la manifestación y nos fuimos.

La minoría anti *carpe diem*

El día de la manifestación, en primera página y con una foto nítida de la caverna, se publicó en el diario nacional de mayor relevancia la historia que nos mostraron Agapito y su familia. Se vendió todo, se paralizó el proyecto, se recuperó la paz en aquel pueblo y en el hogar de Agapito y Cosme. En la manifestación local solo hubo 9 personas, todas lucían una camiseta verde esperanza con una foto de Cosme, debajo de su foto había una frase: «Este mundo no es tuyo, es solo un legado temporal, procura dejarlo mejor de lo que tú lo recibiste. NO AL *CARPE DIEM*».

Con el tiempo pasó a los libros de historia y a la memoria colectiva como la lucha por una vida ecorresponsable. Los que conocíamos la historia con nombres, apellidos y ojos, los que escuchamos el dolor de los protagonistas, aún creemos que quedó mucho por resarcir, mucho por curar y mucho por suturar. Pero los protagonistas no querían pleitesía, tan solo querían sonreír en paz y limpiar el doblado para hacer una habitación de alquiler rural. Se hizo un lugar de peregrinación, y Cosme recibía con suma alegría a sus huéspedes cada fin de semana.

Agapito la última vez que estuve tomando café con él me dijo: «Cuando no quieran ver no les enciendas la luz hasta que te lo pidan o los cegarás para siempre».

Índice

Este libro se terminó de editar en Granada

en mayo de 2025 por

Aliarediciones

www.aliarediciones.es

info@aliarediciones.es